EAST OF THE SUN AND WEST OF THE MOON

OLD TALES FROM THE NORTH

日之东·月之西

北欧故事集

[挪威] 彼得·亚柏容森 [挪威] 容根·莫伊 著
[丹麦] 凯·尼尔森 绘
杨蔚 译

天津出版传媒集团
天津人民出版社

从民间故事出发，追寻民族文化的根

杨 蔚

1840年，两位挪威作家完成了他们的第一次民间故事搜集之旅，他们就是彼得·克利斯登·亚柏容森（Peter Christen Asbjørnsen，1812—1885）和容根·因格布利森·莫伊（Jørgen Engebretsen Moe，1813—1882）。这些故事来自斯堪的纳维亚半岛崎岖而偏远的山区、高地和峡湾，无一不是当地独特风土民情的写照。

作为自少年时代起便相识的伙伴，亚柏容森和莫伊都对民间故事充满热忱。受格林兄弟搜集整理德国民间故事的启发，他们花费多年时间，通过徒步旅行搜集故事素材，足迹遍及古老的乡村、渔港和矿区，从当地农民、渔民、矿工口中得到了大量山怪、女巫和巨人故事的第一手材料。挪威的古代神话、维京人的萨迦、民间口耳相传的古老传说，无不散发着浓郁的魔幻色彩，令两人为之着迷。他们埋首于这座民间故事的宝库，尝试从中挖掘出前人遗落的珍宝。

然而，当书稿被送到出版商面前之后，事情却并不顺利。许多出版商都认为这些故事十分幼稚、毫无价值，读者们不可能有兴趣。所幸，在经历过无数次碰壁后，首本《挪威民间故事集》最终于1841年得以出版，并很快在挪威乃至整个欧洲文学界引起了热烈反响。德国的格林兄弟称赞说，这是“有史以来最好的民间故事集”。事实上，这些故事也的确经受住了时间的考验，时至今日依然深受各国读者喜爱。

此后，两人继续携手整理新的故事。1852年，第二版故事集面世，共收录60个故事（含本书中的大部分故事）；多年后，收录上百个故事的故事全集出版。由于两位好朋友始终如一的密切合作，这一系列作品甚至常常被直接称为“亚柏容森和莫伊故事集”。

亚柏容森和莫伊的工作对挪威本民族的民族认同和语言文学发展产生了巨大而深远的影响。

在此之前，挪威虽然拥有丰富的口头文学传统，却始终缺乏土生土长的本土文学。丹麦人统治挪威长达四百年，在此期间，丹麦语是唯一获准通行的书面文字，文学领域自然也是丹麦文化一统天下。到了18世纪中后期，浪漫主义和民族主义风潮席卷整个欧洲，各国普遍开始重视对本国白话文学资源的发掘与利用。而民间故事所展现的正是特定民族长期延续的口语和习俗，堪称传统文化的活化石，因而开始受到人们的关注。

通过这部故事集，亚柏容森和莫伊充分发掘了挪威口头文学和地方文学的宝贵遗产，进而为挪威人提供了一套综合的、体系化的统一民族语言，大大弱化了各地方言间的差异，使书面挪威语重获生机，为挪威语言文字的定型和发展提供了范本。以此为源头，许多书面文体得以发展，其中一些至今仍在使用。

自1814年挪威从丹麦治下赢得半独立地位，并颁布首部宪法以来，一个重要问题就始终是公众争论的焦点：摆脱了外来者统治的挪威人究竟是谁？当亚柏容森和莫伊的故事横空出世，人们开始意识到，这才是挪威本土文化发出的声音——它们讲述的是挪威人自己的历史，提供的是贯穿过去与当下语言、风俗、传统的共识，展现的是挪威独有的乡村文化。正是这一切，将挪威人与身为统治者的丹麦人区别开来。这份宝贵的文化遗产，使挪威在步入现代化社会的同时，有了借以立足的文化根基。

19世纪初的挪威可谓饱经坎坷。农民极度贫穷，婴儿存活率只有40%，人均寿命不到50岁，整个国家深陷与丹麦和瑞典的战争泥潭，看不到希望何在。偏远乡村的物质和文化条件则更加恶劣，然而正是在乡村和农场中，挪威最丰富的口头文学传统得以保留。与世隔绝的偏僻位置和斯堪的纳维亚半岛漫长的冬日夜晚，使那里的人个个都成为讲故事的高手。秉持着19世纪民间文学家的理想，借助民间采风的传统方式，亚柏容森和莫伊摇身成为在旅途中搜罗民间文学素材的“故事猎人”。最终，他们重建本土文学传统的努力，推动了挪威人成功树立起在现实世界中的文化认同，乃至呼应了寻求民族独立的国家斗争。就此而言，两人的成就甚至超过了他们的领路人格林兄弟。

早在1859年，该系列故事集已由英国翻译家乔治·韦伯·达森特（George Webbe Dasent）爵士译成英文。自1879年以来，更有若干个插图版本陆续问世。随着彩色印刷技术的进步，出版商看到了新的前景，试图做出一个更精美、更完善的版本。

1914年，位于伦敦的出版巨头Hodder & Stoughton公司决定出版这部故事集的全新插图版。出版商选定达森特的十三篇译文、布莱斯塔德（H. L. Brækstad）的一篇译文，外加一篇丹麦故事《麟龙王子》（不在亚柏容森和莫伊的故事集中），配以当时欧洲插画界新星凯·尼尔森专门绘制的彩色插图。全书以其中一篇故事的标题为名，即《日之东·月之西》，将奇妙而迷人的北欧世界展现在读者面前。

CONTENTS 目 录

EAST OF THE SUN AND WEST OF THE MOON

日之东·月之西

从前，有一位贫穷的农夫，他生了太多孩子，一家人整日里吃不饱，穿不暖。可这些孩子个个都很漂亮，要说其中最漂亮的，还得数最小的女儿，她是那样迷人，没有言语能够穷尽她的美。

一天晚上，确切地说，是一个深秋的星期四晚上，天气糟透了，天色黑得吓人，屋外风雨大作，把小木屋的四面墙都吹得来回直摇晃。全家人围坐在火炉边，手里忙着这样那样的事。就在这时，窗玻璃上突然响起三下轻轻的敲击声。父亲起身去看个究竟。他来到门外，却只见到一头巨大的白熊。

“晚上好！”白熊说。

“晚上好！”男人说。

“你愿意把你的小女儿给我吗？如果愿意，我会让你从此过上富裕的生活，现在有多穷，到时候就有多富。”白熊说。

哦，真能那么富的话，男人当然不会拒绝。可他还是觉得，得先和女儿谈一谈。于是，他回到屋里，告诉全家人，有一头大白熊正等在门外，它许诺说，能让大家从此过上富裕的生活，而唯一的条件，就是要带走他们的小女儿。

“不！”姑娘脱口叫道，无论如何也不肯改口。男人只得出去，跟白熊商量，让它下个星期四的晚上再来听答复。接下来的一周里，他努力设法劝说小女儿，不断向她描绘，他们将会变得多么有钱，她自己也会过上怎样的好日子。最后，姑娘终于愿意往好处想一想了。她拿出旧衣服，洗净，补好，尽量把自己打扮得漂漂亮亮的，做好了出发的准备。我得说，收拾行李这事儿，实在也费不了她多少工夫。

第二个星期四的晚上到了，白熊如期而至。姑娘拿起包袱，爬到白熊背上，跟着它离开了家。走出一段路之后，白熊问她：

“你害怕吗？”

“不。”她不怕。

“好！专心抓紧我的皮毛，那就没什么好怕的了。”大白熊说。

就这样，姑娘骑在白熊背上，走了很远很远，最后，来到一座险峻的大山跟前。白熊在山壁上敲了敲，一扇门打开，他们走了进去。那是一座城堡，灯火通明，一切都由金银铸就，将那无数的房间皆映得熠熠生辉。餐桌已经摆好了，比最盛大的晚宴更加丰盛。白熊交给她一只银铃，告诉她，有任何需要时，只要一摇铃铛，立刻就能得到满足。

等到姑娘吃饱喝足，已是深夜了。经过了那样一番长途跋涉，姑娘困了，如今只想上床休息。于是，她伸手去摇铃。几乎是刚碰到铃铛，她就置身在了另一个房间。房间里有一张雪白的大床，铺着丝制的枕头，挂着丝制的床帐，上面都缀着金

第二个星期四的晚上到了，白熊如期而至。姑娘拿起包袱，爬到白熊背上，跟着它离开了家。“好！专心抓紧我的皮毛，那就没什么好怕的了。”大白熊说。就这样，姑娘骑在白熊背上，走了很远很远。

色的流苏，没有人会不愿意睡在这样漂亮的床上。至于其他东西，也全都非金即银。

只是，姑娘刚上了床，熄了灯，一个男人就出现在房间里，自顾自地躺在她的身边。那是一头白熊，到夜晚才能脱去他野兽的皮囊。可姑娘始终没能见到他的模样，因为他总是等她关灯以后才来，赶在黎明破晓之前就起床不见了。

起初，这样的生活还算不错。可渐渐地，姑娘陷入了沉默与哀伤。白天，她只能整日整日地独自待着。她想回家，想看看爸爸、妈妈、哥哥和姐姐们。终于有一天，当白熊问起她有什么不如意时，她说，这里的生活太闷、太寂寞了，她是多么想回家看看自己的爸爸、妈妈、哥哥和姐姐们，可她见不到，所以才这样伤心难过。

“好吧，好吧！”白熊说，“也不是没有办法。但你必须答应我一件事：不要单独和你的母亲说话，旁边一定要有其他人在。因为到那时，她一定会拉着你的手，想把你带到屋里私下聊一聊。可你千万要记住，不能跟她去。否则，我们俩都会遭遇厄运的。”

那是一个星期天，白熊来找她，说可以去看望她的父母了。姑娘坐在白熊背上，出发了。他们走了很长很长的路，最后来到一座富丽堂皇的大房子前。大门外，她的哥哥姐姐们正跑来跑去地玩耍着。一切都那么美好，只是看着就叫人高兴。

“你的父亲和母亲现在就住在这里。”白熊说，“不要忘记我跟你说过的话，否则，你会给我们俩都招来厄运的。”

“噢，不！愿上帝保佑她，让她不要忘记——”白熊目送姑娘走到房子跟前，然后才转身离开。

另一边，姑娘走进大门，见到了爸爸妈妈，那一刻是多么欢乐啊，再也没有比这更欢乐的情形了。她为大家做了这么多，人人都对她谢个没完，怎么也不觉得够。如今，他们拥有了梦想的一切，一切都那么完美。自然，他们也想知道，她过得怎么样。

这个嘛，姑娘说，她在那里过得非常好，要什么有什么。至于其他的，我也不清楚她具体还说了些什么，可我想，他们谁都想象不到真实的情形，或者说，他们都没能让她多吐露些实情。虽然如此，事情终究还是发生了，跟白熊说过的一模一样——就在那天下午，吃过丰盛的午餐之后，妈妈想叫她到卧室里去单独聊一聊。可姑娘记着白熊的话，不肯上楼。

“噢！有什么非说不可的吗，那咱们回头再说好了！”她拿这话搪塞妈妈。可是，也不知怎么的，妈妈到底还是说服了她，她只能一五一十地和盘托出。她告诉妈妈，有一个男人，怎样每天晚上等她上床关灯以后才进屋，睡在她的身旁；他是怎样总在天亮以前就起床离开，她从没见过他的模样；可她实在很想看他一眼，为此她是怎样的哀伤、难过；而在那个地方，她又是怎样孤零零地捱过一个又一个白天；她的生活过得是怎样的苦闷、乏味和寂寞。

“啊呀！”妈妈说，“那个跟你睡在一起的，多半是山怪*！来，我教你个办法。等会儿我拿一小截蜡烛给你，你把它藏在胸衣里带回去，等他睡着以后，再悄悄点起来，就可以看到他的模样了。不过，要小心，别把蜡油滴到他身上。”

对啊！她接过蜡烛，藏进胸衣里。当夜幕降临，白熊来接她离开了。

还没走出多远，白熊便问起，事情是否真如他所料的那样都发生了。

哦，她无法否认。

“那么，听着，”他说，“如果你要听从你母亲出的主意，就会给我们俩带来厄运，到那时，我们之间的一切就会化为乌有。”

“不。”她说，“我不会那样做的。”

就这样，她回到家，上床睡觉。一切都和从前一样。一个男人进来，睡在她身旁。然而，当夜深人静之时，听着他熟睡的声音，姑娘爬了起来。她擦亮火柴，点燃蜡烛，烛光照在男人的身上。她看见了，那是位王子，人世间最英俊的王子。只一眼，姑娘便深深爱上了他。她觉得，若是不立刻吻他一下，

---

* 山怪（Troll），斯堪的纳维亚传说中居住在山间或洞穴里的怪物，有的体型巨大，也有的非常矮小，因此依照具体情况又称“巨怪”或“侏儒怪”。

就再也活不下去了。姑娘依从了自己的心意。可就在她吻上他时，三滴蜡油滴落在王子的衬衣上，他醒了。

“你都做了什么呀？”他喊了起来，“这下好了，你让我们俩都落入不幸了。本来，只要你忍过这一年，我就能自由了。因为我有位继母，她施魔法将我变成了白熊，只有夜晚才能恢复人形。可现在，我们俩之间再也没有任何关系了，我必须马上离开你，去找她。她住在一座城堡里，城堡在日之东、月之西。那儿还有一位公主，鼻子足有三厄尔*长，现在，我非得娶她当妻子不可了。”

姑娘哭了起来。她后悔极了，可是于事无补——他必须离开。

无奈，姑娘问，她不能跟他一起走吗？

不，不能。

“那就请告诉我去那的路，”她说，“我一定会找到你的——这个总可以吧。”

“可以。”他说，“可是，没有路通到那里。它只在日之东、月之西。”她不可能到得了那里。

第二天清晨，当姑娘醒来时，王子和城堡都消失了，她躺在一片浓密阴郁的树林中间，身下是一小片绿草地，旁边放着她从父母家中带出来的包裹，原封未动。

姑娘揉去眼中残留的睡意，又哭了起来，直到哭累了，才动身上路。她走啊，走啊，一直走了很多很多天。这天，她来到了一面高耸的峭壁前。峭壁脚下坐着一位面容丑陋的老妇人，手上正拿着一个金苹果在把玩。姑娘上前去，询问她是否

---

* 长度单位，泛指一臂长，即从手肘到中指指尖的长度，约合45.7厘米。

王子被继母施了魔法，现在必须离开，前往位于日之东、月之西的城堡。姑娘哭了起来，后悔极了，可是于事无补，她无法和王子一起去。“那就请告诉我去那的路，”她说，“我一定会找到你的。”

第二天清晨，当姑娘醒来时，王子和城堡都消失了，她躺在一片浓密阴郁的树林中间，身下是一小片绿草地。姑娘揉去眼中残留的睡意，又哭了起来，直到哭累了，才动身上路。

知道，该怎样才能找到日之东、月之西的城堡，城堡里有位王子，和他的继母住在一起，他就要和一个鼻子足有三厄尔长的公主结婚了。

“你怎么知道他的？”老妇人问，“哦，你大概就是那个原本应该和他在一起的姑娘吧？”

是的，就是她。

“原来如此，原来如此——就是你，对吧？”老妇人说，“好吧，我只知道，他住在位于日之东、月之西的城堡里，那个地方，也许你永远都找不到，也许找到时已经太晚了。不过，我还是可以把我的马借给你，你骑着它往前走，去找我的邻居，说不定她能告诉你怎么走。到了那里之后，你只要在马的左耳朵根下轻轻抽一鞭子，叫它自己回家，就行了——还有，等一下，你把这个金苹果带上。”

姑娘骑上马，又走了很久很久，一直走到另一面峭壁前。峭壁脚下坐着另一位面容丑陋的老妇人，她拿着一把金篦子。姑娘上前去，打听她是否知道去城堡的路，那城堡位于日之东、月之西。老妇人的回答和前一位一样，除了城堡在日之东、月之西，她什么也不知道。

"要去那个地方，你可能到得太迟，也可能永远都找不到。不过，我可以把马借给你，你去找我的下一个邻居，说不定她什么都能告诉你。等你到了以后，只要在马的左耳朵根下面轻轻抽一鞭子，请它自己回家，就行了。"

老妇人把金篦子给了她——也许这东西能派上用场，她说。于是，姑娘爬上马背，骑了很远很远的路，那是一段让人筋疲力尽的旅程。终于，她来到了另一面巨大的峭壁前。峭壁下坐着另一位模样丑陋的老妇人，她正在一架金纺车上纺线。同样，姑娘问她，是否知道去找王子的路，他的城堡就在日之东、月之西。然而，同样的情形再次上演。

"你大概就是那个原本应该和王子在一起的姑娘吧？"老妇人问。

是的，就是这样。

可她知道的并不比之前两个人更多。"那是在日之东、月之西。"她知道这个——也就只有这个。

"要去那里，你可能会到得太迟，也可能永远找不到。不过我可以把我的马借给你。我看，你最好骑上马去找东风打听打听，也许他会知道些什么，还能一阵风把你送过去。找到他以后，你只要在马的左耳朵根下面轻轻抽一鞭子，它就会自己回家了。"

同样，她也把金纺车给了姑娘。"说不定能派上用场。"

老妇人说。

离开老妇人后，姑娘骑着马走了许多许多天，去寻找东风的家，那是一段令人疲惫的时光，可她终究还是找到了。她询问东风，能否告诉她寻找王子的路，王子住在日之东、月之西。没错，东风常常听到有人谈起那个地方，谈起王子和城堡，可他不知道怎么去，他从来没到过那么远的地方。

“不过，要是你愿意的话，我可以带你去找我的兄弟西风，也许他会知道，他比我强壮得多。喏，只要你爬到我的背上来，我就带你过去。”

好的。她爬到他的背上。至于我么，只能想象他们是怎样一路飞驰而去的。

很快，他们来到了西风的家。东风向西风介绍姑娘，说她本该和那位住在日之东、月之西的城堡里的王子在一起，现在她想去找他，而自己，之所以会和她一起来，就是想问一问，西风知不知道去城堡该怎么走。

“不知道。”西风说，“我从来没吹到过那么远的地方。不过，如果你愿意，我可以带你去找我们的兄弟南风。他比我们两个都强壮得多，他的翅膀展开来又宽又大。也许他能告诉你。你可以爬到我的背上来，我带你去找他。”

好！她爬上西风的背脊，出发去找南风。我想，这段路倒算不上太长。

当他们抵达目的地后，西风问南风，能否告诉姑娘，怎样才能找到那座日之东、月之西的城堡，因为她才是本该和城堡里的王子在一起的人。

“你不是当真的吧！就是她，真的吗？”南风说。

“噢，我这辈子几乎吹遍了世界，可那个地方太远了，我还没去过。不过，要是你愿意，我就带你去找我的哥哥北风。他是我们中最年长，也最强壮的，要是连他都不知道那个地方在哪儿，那在这世上，就不可能再找得到能帮你的人了。你可以爬到我背上来，我带你过去。”

太好了！她爬上他的脊背，转眼间，南风便离开了家。同样，这一次她也没在路上花去太多时间。

当他们抵达北风的家时，北风正在呼号狂啸，浑身上下散发出的冷风远远地便迎面扑来。

“你们两个混蛋，跑来想干什么？”还隔着老远，北风就冲他们咆哮起来，生生把他们冻得打起了寒颤。

“噢，”南风说，“你大可不必这么满嘴脏话，在这里的是你的兄弟，我是南风，还有那个本该和王子在一起的小姑娘，那王子住在日之东、月之西的城堡里。她来是想问问你，有没有去过那里，能不能告诉她怎么走，因为她很想重新找回他。”

“是的，我很清楚那个地方在哪里。”北风说，“这辈子，就那么一次，我把一片杨树叶子吹到了那里，可那之后有好些天，我连一口气都呼不出来。不过，要是你真想去，而且不怕和我一起的话，我就背上你，看看能不能把你送过去。”

好！她一心只想找到王子，哪怕只有一丁点儿可能，她就必须去，多难也心甘情愿——至于害怕嘛，不管北风有多狂暴，她也完全不怕。

“那么，非常好。”北风说，“不过今天晚上你得住在这里，因为要是真想到达那个地方的话，我们就一定要留出一整个白天来。”

第二天大清早，北风叫醒她，又鼓足了气儿，把自己吹到门外，变得又大又壮实，看上去吓人极了。就这样，他们一路升上云端，仿佛不到世界尽头就绝不停步一般。

在他们身下，翻卷着的是怎样的一场风暴啊！高大的树干被刮倒，无数房子被夷为平地。他们掠过无边的大海，成百上千的船为之倾覆、沉没。

就这样，他们以摧枯拉朽之势不断向前，没人能相信他们飞了多远。可即便飞了这么久，他们身下依然是海洋。北风越来越疲惫，他上气不接下气，几乎连再多一口气也吹不动了，他的翅膀越垂越低，身子也越沉越低，到最后，连涌起的浪峰都能没过他的脚踝了。

“你怕吗？”北风开口问道。

“不！”她不怕。

好在，陆地就在不远处了，北风的肚子里还存着几分力气，他努力把她直接送到了日之东、月之西的城堡窗户底下。至于他自己，已经筋疲力竭，不得不留在那里，好好歇上些日子，才能重新启程回家。

第二天清晨，姑娘坐在城堡的窗户下，开始摆弄金苹果。她看到的第一个人，就是那位长鼻子的公主。

“你的金苹果怎么卖，姑娘？”长鼻子公主推开窗问道。

“这个不卖，金不换、银不卖。”姑娘说。

“金子银子都不行的话，那你要怎样才肯卖？你出个价。”公主说。

“好吧！如果我能见到王子，就是住在城堡里的那个，而且能和他待上一夜，你就可以得到这个苹果。”乘北风而来的姑娘说。

行！就让她见一面，这事儿不难。于是，公主得到了金苹

第二天大清早，北风叫醒她，又鼓足了气儿，把自己吹到门外，变得又大又壮实，看上去吓人极了。就这样，他们一路升上云端，仿佛不到世界尽头就绝不停步一般。

果。可当夜幕降临，姑娘走进王子的卧室时，他已经睡熟了。她又是摇，又是喊，中间几次三番停下来，伤心地哭泣。可用尽了所有办法，她也没能把王子唤醒。第二天一早，天刚破晓，长鼻子公主就进来，把她赶了出去。

既然如此，等到天光大亮后，姑娘又坐在城堡的窗下，拿出金篦子开始梳头。同样的事情再次发生了。公主问她篦子怎么卖，她说这东西金不换、银不卖，可是只要让她见到王子，和他待上一夜，公主就能得到它。然而，当她走进房间时，王子又一次早早地睡着了，无论她怎样呼喊，怎样摇晃，怎样哭泣和祈祷，都没能让他醒来。当白日的第一道灰白曙光出现在天边时，长鼻子公主进门来，把她轰了出去。

于是，天亮后，姑娘又坐在城堡的窗外，开始用她的金纺车纺线。自然，这金纺车也是长鼻子公主想要的。她推开窗，问姑娘打算开什么价。同前两次一样，姑娘说，这纺车金不换、银不卖，可若是能让她见到住在这里的王子，单独和他待上一整夜，公主就能得到它。

行！她的要求可以得到满足，城堡欢迎她。不过现在，有件事你们得知道，城堡里关着一些被掳来的人，就住在王子的隔壁。连着两个晚上，他们都听到了，王子的房间里有个姑娘，她是怎样地哭泣、祈祷，整夜呼唤他。他们把这事告诉了王子。

这一天傍晚，当公主带着她的睡前饮料进来时，王子假装喝了下去，其实却悄悄泼在了身后——他猜，这饮料是让他睡觉的。终于，当姑娘进来时，见到了一位非常清醒的王子。她将自己如何一路千辛万苦来到这里的经历，全都告诉了他。

“啊，”王子说，“你来得真是太及时了，因为明天我就要结婚了。现在么，我绝不会娶那个长鼻子。在这个世界上，只有你能为我带来自由。到时候，我就说，我要看看她能不能当一名合格的妻子，然后要求她把那件滴上了三滴蜡油的衬衫洗干净。她会答应的，因为她不知道蜡油是你弄上去的。可这项任务只有人才能完成，绝不是这样一群山怪能做到的。到那时，我就说，除了能把衣服洗干净的姑娘，我决不让其他任何人当我的新娘，然后，就请你来洗衣服。”

就这样，他们度过了一个浓情蜜意的快乐夜晚。第二天，婚礼开始前，王子说：“首先，我想看看我的新娘是不是一名合格的妻子。”

“当然！”继母说，丝毫没有起疑。

“那好，”王子说，“我有一件漂亮的衬衫，我想用来搭配结婚礼服，可不知道怎么回事，上面滴上了三滴蜡油，这一定得洗掉才行。我曾经发过誓，只有能把它洗干净的女人，才能做我的新娘。要是做不到，她就没有资格嫁给我。”

噢，这不算什么大事，他们都这么说，便应了下来。长鼻子公主开始努力洗衣服，又是揉，又是搓，可她越努力，污渍就越大。

“啊！”她的母亲，那个老巫婆说，“你洗不掉。让我试试。”

可衬衫到了她的手里，情形比之前还要糟糕。她又是揉，又是搓，又是洗，又是擦，可污渍越来越大，越来越黑，衬衫也越来越脏，越来越难看。

这下子，所有山怪都出动了，可他们越是洗，衬衫就越脏、越难看，到最后，索性整个儿变成了乌黑一团，像是刚从烟囱里抽出来的一样。

“啊！”王子说，“你们没一个有用的，你们洗不干净。嘿，那边，外面，那儿坐着个乞丐丫头，我打赌，连她都知道衣服该怎么洗，肯定比你们这些家伙加起来都强。过来，姑娘！”他叫道。

她过来了。

“姑娘，你能把这件衬衫洗干净吗？”他问。

“我不知道。”她说，“不过，我想应该可以吧。”

她拎起衣服，刚一浸到水里，衬衫立刻变得像雪一样白，而且还在变得越来越白。

“是的，你才是我的新娘。”王子说。

眼见这情形，老巫婆气急败坏，整个身体当场爆炸开来，紧接着是长鼻子公主，然后是整群山怪——至少，从那以后，我再也没有听到过他们的消息。

至于王子和王妃，他们释放了所有被掳来的穷苦人，关闭了城堡，带上所有能带走的金银珠宝，飞快地、远远地离开了这座日之东、月之西的城堡。

至于王子和王妃，他们释放了所有被掳来的穷苦人，关闭了城堡，带上所有能带走的金银珠宝，飞快地、远远地离开了这座日之东、月之西的城堡。

THE BLUE BELT

蓝腰带

从前，有一位老乞婆，她每天都带着儿子一起出门乞讨，等讨得的东西装满了一口袋，就翻过山，回家去。一天，他们正顺着山坡往上爬，还没走出多远，就见到在两条小路相交的路口，地上躺着一条小小的蓝色腰带。小男孩请求妈妈停一下，他想去把那条腰带捡起来。

“不行。”老乞婆说，“上面说不定有魔法。”她连哄带吓地把儿子拖走了。又走了一会儿，男孩说，他得到路边去一下。妈妈便坐在树桩上等着。可小男孩去了很长时间。原来，当他钻进树丛，确定老妇人看不到他以后，就立刻往回跑，去找腰带。男孩回到路口，捡起腰带系在腰上。呀！他顿时感觉自己变得无比强壮，就算是一整座山也能举得起来。

当男孩终于回来后，老妇人早已等得怒气冲天，一个劲儿追问，这么长时间，他都干什么去了。“你一点儿也不在乎浪费了多少时间，你倒还知道天快黑了，我们还得赶在天黑前翻过这座山去！”老妇人一边唠唠叨叨，一边拖着沉重的脚步往前赶。可走到一半时，老妇人累了，说她必须在灌木边坐下来歇会儿。

“亲爱的妈妈，”男孩说，“你歇着的时候，我能不能爬到这座高崖顶上去，看看附近能不能找到人家？”

当然！他可以。小男孩爬上崖顶，一眼看到北边有亮光。他跑下来，告诉妈妈。

“我们得接着走了，妈妈。附近有户人家，我看到灯光了，离我们很近，就在北边。”老妇人站起身，背上包袱，动身打算去看个究竟。可还没走出多远，一壁陡峭的山崖就出现在他们面前，不偏不倚，正好拦住去路。

“不出所料！”老妇人说，“这下好了，我们一步也走不了了，我们得在这里过夜，多舒服的地方啊！”

可小儿子一只手拎过包袱，另一只手拎起他的妈妈，沿着陡峭的山壁笔直地奔了上去。

“现在，你总看到了吧？那边那座房子，还没看到吗？离我们很近。还没看到灯光吗？”

可老妇人说，那里住的不是人，而是山怪。她对这片森林里远远近近的一切都了如指掌，她很清楚，在翻过那道山脊，下到另一侧的山脚之前，整片林子里没有一个活人。可他们还是继续走了下去，很快，就来到一座大房子跟前。房子整个被漆成了红色。

“这有什么用？”老妇人说，“我们不能进去，里面住的是山怪。”

“别这么说。我们得进去。像这样亮着灯的地方，里面住的肯定是人。”小儿子说着，径直推门走了进去，他的妈妈跟在后面。可房门刚打开，老乞婆就晕了过去，因为她看到了一个巨人，少说也有二十英尺*高，坐在长凳上。

“晚上好，老爷爷！”小儿子说。

“噢，我在这里坐了三百年了，”长凳上的人说，“从来没有人进来过，还管我叫‘老爷爷’。”男孩在那人身边坐下，和他聊起天来，好像他们原本就是老朋友一样。

“你妈妈怎么了？”聊了一会儿后，那人说，“我看她是昏过去了，你最好去看看。”

于是，男孩过去把老妇人扶起来，一路拖进客厅。老妇人醒了，一时间又踢又抓，拼命挣扎，最后，干脆一屁股坐在墙角的柴火堆边上，死活不肯挪动——她吓坏了，甚至没敢抬头正眼看上一眼。

过了一会儿，男孩问巨人，他们能不能在这里过上一夜。

“行，当然可以。”巨人说。

他们接着聊了会儿。不过，很快男孩就饿了，他想知道，除了借住，他们还能不能有点儿吃的。

“当然。”巨人说，“吃的也有。”又坐了一会儿，他才站起来，抽出六块干松木扔进火里。老乞婆更害怕了。

“噢！这下他要把我们活活烤了。”她缩在角落里，小声念叨着。

当木头烧得通红，火焰变成小火苗后，巨人站起来，大步走出门去。

“上帝保佑，救救我们吧！你可真是没心没肺啊！”老乞婆说，“你没看到我们陷进山怪窝里了吗？”

“胡说八道！”男孩说，“就算是，对我们也没坏处。”

---

* 一英尺约合30.5厘米。

很快，巨人带着一头公牛回来了。男孩从来没见过这样肥、这样大的公牛。巨人一拳砸在公牛的耳根上，公牛轰然倒地，死了。巨人将公牛攒蹄绑起，架在小火苗上，不断翻转滚动，直到牛的全身被烤成棕褐色。直到这时，他才起身，走到碗橱前，拿出一只巨大的银盘子，把公牛放在盘子里。那盘子太大了，公牛放在里面，连盘子边都碰不到。巨人把盘子放在桌上，又下楼到地窖里取出一桶葡萄酒，打开酒桶盖子，整桶放在桌上。最后，他又放上两把餐刀，每把都足有六英尺长。

做完这一切，他招呼男孩和他的妈妈过来，坐下吃晚餐。他们过来了，男孩走在前头，老乞婆跟在后面。可老乞婆不知道这么大的刀子该怎么用才好，又抽抽噎噎地哭起来。她的儿子却二话不说，抓起一把就开始切牛腿肉，先切下一片，放在妈妈面前。吃了一会儿之后，他双手抱起酒桶，挪到地板上，叫妈妈去喝一点。可这酒桶对她来说还是太高了，她根本够不到。于是，男孩抱住她，托起来，让她趴在桶沿上喝。至于自己，男孩爬上去，像只猫似的倒吊在桶口上喝。解过渴之后，他抱起酒桶，放回桌子上，这才转身向巨人道谢，感谢他提供了这么棒的一顿饭。他又把妈妈也叫过来，一起道谢。老乞婆怕得要死，除了说“谢谢”，什么也不敢做。接着，男孩重新在那人身边坐下，开始闲聊。

聊了一会儿，那人说：“好了！我也得吃点晚餐了。”他走到桌边，吃掉了整头牛——蹄子、牛角，所有一切——喝光了整桶酒，才回来，在长凳上坐下。

“说到床铺，”他说，“我不知道该怎么安排。我只有一张床和一个摇篮。不过，要是你愿意睡摇篮的话，那就好办了，你妈妈可以睡那边那张床。”

“太谢谢你了，这样很好。”男孩说着，便脱掉衣服，躺进了摇篮。不过，老实说吧，这摇篮大得简直就像一张四柱大床。至于老妇人，早已吓得六神无主，只得跟着巨人走——他要告诉她床在哪里。

“噢！”小儿子暗自琢磨，“绝对不能睡着。我要醒着，听听夜里会发生什么。”

就这样，过了一阵子，巨人开始和老乞婆说话，最后他说：“要是没有你这个儿子的话，我们两个就能在这里快快活活地过日子了。”

“那你想怎么处置他？你是在琢磨这个吗？”她问。

“再容易不过了。”他说，不管怎么说，他都要试一试。到时候，他就说，希望老妇人留下来，多待一两天，帮他看家，然后他会把男孩带出去，上山去挖石头来造房子，趁机推下一块大石头去砸男孩。男孩躺在摇篮里，从头到尾听了个清清楚楚。

第二天，那山怪——大白天里看来，他显然就是个山怪——问老妇人，能不能多留一两天，帮他照看屋子。等到日上中天时，他拿出一根巨大的铁撬棍，问男孩愿不愿意和他一起上山，去挖些石头回来造房子用。非常乐意，男孩说。他们出发了。

果然，挖出几块石头之后，山怪便叫男孩到坡下去，检查一下石头有没有开裂，他自己则继续奋力挥舞着撬棍干活。终于，一整块巨石被他从地上撬了起来，正对着男孩滚下山去——可男孩一把撑住石头，身子往边上一闪，然后才放开手，让石头继续朝下滚去。

"噢！"男孩对山怪说，"这下我可知道你要对我干什么了。你想砸死我。你自己下去检查石头裂没裂缝去吧，我就待在上面。"

山怪什么也不敢说，只能照着男孩的话做，结果，男孩也滚下一块大石头，刚好砸到山怪身上，砸断了他的一条大腿。

"哎呀！你太倒霉了。"男孩说着，大步下山，抬起石头，把山怪救了出来。只是，这样他就不得不把山怪背回家了。可就算背着他，男孩也跑得飞快，像奔马一样，山怪被晃得一个劲儿地嘶声尖叫，活像挨了刀子似的。到家后，母子俩把山怪安置在床上。他躺着，伤心极了。

夜渐渐深了，山怪又开始和老乞婆聊天，讨论究竟要怎样才能除掉男孩。

"噢，"老乞婆说，"要是你都想不出办法的话，我肯定也不行。"

“让我想想。”山怪说，“我园子里养着十二头狮子，只要能逮住那男孩，一眨眼的工夫，它们就能把他撕成碎片。”

老乞婆便接口道，要引他过去很简单。她可以装病，说自己感觉很不舒服，除非能喝到狮子奶，否则什么也帮不了她。男孩躺在一边，听了个清清楚楚。早上起床以后，他的妈妈果然说自己很难受，看着也许没什么，但感觉很糟，要是喝不到狮子奶，她大概就再也好不了了。

“那恐怕你要难受好一阵子了，妈妈。”男孩说，“因为我真的不知道哪里能找到狮子奶。”

“噢！就这点儿事的话，”山怪接口道，“狮子奶倒是不缺，只是要有人去取一下。”接着他说，他有个兄弟，兄弟有个园子，里面养了十二头狮子，要是男孩想要狮子奶的话，他这里有钥匙，可以借给他用。

于是，男孩拿上钥匙和挤奶桶，大步出发了。他打开园门，走进去，一眼便看到十二头狮子立在他面前，一头不少，张牙舞爪的，正冲着他大声咆哮。可男孩一把抓住其中最大的一头狮子，拎着它的前爪，把它抡了起来，狠狠地摔在树干和石头上。那头雄狮顿时被摔得粉身碎骨，只剩两只爪子还算完好。其他狮子看到这一幕，都吓得瑟瑟发抖，爬上前来，匍匐在他的脚下，活像一群狗似的。接下来，他走到哪里，它们就跟到哪里，他回家，它们就趴在屋子外面，前爪搭在门槛上。

“看，妈妈，你很快就能好了。”男孩走进门，说，“狮子奶来了。”

他只往桶里挤了一滴奶。

可那躺在床上的山怪一口咬定，男孩在撒谎。他坚信，男孩不可能挤得到狮子奶。

听到这话，男孩把山怪从床上拎起来，扔到门外。只一眨眼的工夫，所有狮子都扑了上去，撕扯起山怪来，最后，男孩不得不命令它们放过爪下的猎物。

当天夜里，山怪又找老乞婆讨论了。“看来，我是没办法除掉这个男孩了——他太强壮了。你能想到什么办法吗？”

“不。”老乞婆说，“要是你不行，我肯定也不行。”

“有了！”山怪说，“我有两个兄弟，住在城堡里。他们比我强壮十二倍，就因为这样，我才不得不出来，在这个农场里捱日子。他们占了城堡，围着城堡建了一片果园，里面种着苹果树，无论什么人，只要吃下那些苹果，就会昏睡三天三夜。要是我们能让他去找水果，他一定忍不住，会先尝尝那些苹果。只要他一睡着，我的兄弟们就会把他撕成碎片。”

老妇人说，她可以装病，就说，要是吃不到那些苹果，她就再也好不了了，因为她满心都惦记着那些苹果。

男孩躺在一边，把这些都听在了耳里。

早晨到了，老妇人难受得一句话也说不出，只会呻吟、叹气。她一口咬定，自己再也好不了了，除非能吃到一种苹果，它们就长在城堡旁的果园里，城堡里住着山怪的兄弟们。只可惜她找不到能去摘苹果的人。

噢！男孩很愿意马上出发——还有十一头狮子跟他一起去。很快，男孩到了果园，爬上苹果树，痛痛快快地大吃了一顿苹果，几乎不等双脚落地，他就陷入了酣眠。可十一头狮子全都趴在旁边，把他围了个严严实实。

第三天，山怪的兄弟们来了，要说他们的长相，可真是一点儿人样都没有，完全就是会吃人的马。他们喷着响鼻，想不通究竟是什么人，竟然敢跑到这里来。他们嘴里嚷嚷着，要把那家伙撕成碎片，撕得粉碎，一丁点儿渣子都不留下。可狮子们扑上来，反倒把山怪们撕成了碎片，弄得那地方活像翻倒了一辆运粪车似的。直到两个山怪都被彻底撕碎后，狮子们才重新趴下来。

当天下午，男孩终于醒了。他翻身起来，揉了揉眼睛，看到脚印时，才开始惊诧究竟发生了什么。不过，当他继续朝城堡进发时，一位少女解开了他的疑惑——她透过窗户看到了之前发生的一切。

“你该感谢老天，没搅进那场打斗里，否则你肯定早就没命了。” 少女说。

“什么！我会没命？我说，那是不可能的。”男孩说。

姑娘恳求男孩进去，和她说说话，毕竟，自从来到这里之后，她就再也没有见过活着的人了。只是，大门打开后，狮子们也想跟着朝里走，姑娘吓得尖叫起来。于是，男孩让它们全都趴在门外。

两个人聊了又聊。男孩问，她这样一个迷人的姑娘，是怎么能忍受和那些丑恶的山怪一起生活的。她说，她从来都不情愿，这绝对不是她想要的。事实上，她是阿拉伯国王的女儿，是被他们硬抓来的。他们一直聊啊聊，最后，姑娘问他，接下来要怎么办——是送她回家，还是娶她做妻子。当然，他要娶她，她不该就这么回家。

那之后，他们把城堡逛了个遍，最后来到一座巨大的厅堂，墙上高挂着山怪的两柄大剑。

“我想看看，你够不够男子汉气概，能不能挥得动其中的哪一把剑。”公主说。

“谁？我吗？”男孩说，“我要是连一把剑都挥不动，那才叫稀奇呢。”

他一边说，一边搬过两三把椅子，摞在一起，跳上去。他用指尖顶了顶更大的那一柄，将它顶上半空，趁剑落下时抓住剑柄接住，再纵身一跳，同时，重重地一剑斩在地面上，震得整个大厅都晃动起来。做完这一切，男孩把剑插在腰上，随身带着。

就这样，他们在城堡里住了下来。不久，公主想，她该回家去看看父母，让他们知道自己的境遇。于是，他们准备好一艘船，公主离开城堡，出发了。

公主走后，男孩独自东游西荡了一阵子，才想起，他来这里是有任务的，为了妈妈的身体健康，应该拿些东西回去。他也会想，“说到底，那老太婆的情况没那么糟糕，这会儿多半已经好了”。可虽说如此，他还是觉得应该回去，哪怕就看一眼她的情况呢。于是，他也动身了。结果，男孩发现那巨人和他的妈妈都好得很，日子过得很是滋润。

“你们这些可怜的家伙，何必还住在这间破屋子里呢。”男孩说，“跟我去我的城堡吧，让你们瞧瞧我的厉害。”

好啊！他们俩很乐意。半路上聊天时，妈妈问起他究竟是怎么变得这么强壮的。

“如果你真的想知道，好吧，是因为那条蓝腰带，就是我跟你去乞讨那次，山脚下地上的那条。”男孩说。

“你现在还带着吗？”她问。

“带着。”——他随身带着的，就系在腰上。

她能看看吗？

“行。”——她可以看。男孩当即解开外套和衬衫，亮给她看。

却不料，老乞婆突然伸出双手，一把拽开腰带，扯下来，缠到了自己的拳头上。

“现在，”她叫道，“我该怎么对付你这么个可怜虫呢？只要给你一拳，我就能把你的脑浆子打出来！”

“这也太便宜这个混蛋了。”山怪说，“不！我们还是先烧瞎他的眼睛，再找条小船，把他扔上去，让他漂走。”

于是，他们不顾男孩的哀求和哭泣，烧瞎了他的眼睛，扔下他随水漂流。不过，小船一漂走，狮子们也都纷纷跳进水里，追了上去。终于，他们遇到了一座小岛，狮子们抓住船，拖上海岸，把男孩安置在一棵冷杉树下。它们为他捕猎，拔下鸟毛做成床，让他休息——可他毕竟只有生肉可吃，眼睛也瞎了。

直到有一天，最大的那头狮子盯上了一只瞎眼的野兔。它之所以能知道这一点，是因为那兔子直冲着树桩和石头跑过去，结果一头撞在一棵冷杉树的树桩上，跌了个大跟头，不偏不倚，刚巧栽进一眼泉水中。可天呐！当它从泉水里爬出来时，竟把路看得那么清楚，就这样，兔子捡回了一条命。

“原来如此，原来如此！”狮子想着，转身便拖着男孩来到泉边，把他的脑袋整个儿浸到泉水里。果然，男孩又能看得见了。他回到岸边，指点狮子们相互紧贴在一起，就像个筏子一样，然后自己站上狮背，让它们带着他向陆地游去。上岸后，他让狮子们安安静静地趴在一片桦树林里，自己像个小贼似的，蹑手蹑脚地摸上城堡，打算去看看，有没有机会拿回他的腰带。

他来到大门口，透过钥匙孔朝屋里窥看。看到了，他的腰带就挂在厨房门上。屋里一个人也没有。于是，他悄无声息地匍匐着爬过地板，等腰带一到手，便立刻开始又踢又跳，四处乱跑，仿佛疯了一样。一转眼，他的妈妈便冲了出来。

“我的心肝，我亲爱的小家伙！把腰带还给我。”她说。

“多谢你的仁慈。”他说，“现在，该轮到你自己尝一尝当初宣判给我的命运了。”他当场实践了这句话。老山怪听到这一切，跑进来苦苦哀求，分辩自己罪不至死，说得动听极了。

“好，你可以活着。”男孩说，“可你曾经对我做了什么，现在就要接受同样的惩罚。”他烧瞎了山怪的眼睛，把他扔到一艘小船上，推进大海，任小船随水漂去。只是，这次可没有狮子跟上去了。

现在，就剩下男孩一个人了。他一天天地数着日子，思念着公主。最后，他再也等不下去了。他必须去找她，一心只想和她在一起。男孩准备好四艘大船，朝着阿拉伯半岛出发了。

一开始，他们顺风顺水，天气好极了。可之后，风向就变了，他们耽搁在了一座岩石小岛上。水手们登上小岛，无所事事地四处闲逛，打发时间。他们找到了一颗巨大的蛋，几乎有一座小房子那么大。

他们搬来一块大石头，便动手砸蛋，可怎么也打不破蛋壳。就在这时，男孩来了，随身带着他的剑。他来看一看，这闹哄哄的究竟是怎么回事。见到这样的情景，男孩心想，打破个蛋而已，不过是小事一桩。于是一剑劈下，蛋破开了，一只雏鸟跳了出来，足有大象那么大。

“糟糕，我们闯祸了。”男孩说，“这会要了我们所有人的命的。”他赶紧问水手，如果风向对的话，有没有足够的人手，可以在二十四个小时之内赶到阿拉伯半岛。没问题！他们最擅长的就是这个，他们说。于是，趁着顺风，他们花了二十三个小时，一口气赶到了阿拉伯半岛。

船刚靠岸，男孩就命令所有水手上岸，找一座沙丘，把自己埋进去，只露出眼睛，这样他们还勉强能看到船。男孩和船长们则爬上一座高高的悬崖，靠着一棵冷杉树坐下。

很快，一只巨鸟飞了过来，爪子下抓着一座小岛。只见它飞到船队上空，爪子一松，小岛直坠而下，把所有船都砸进了海底。做完这件事，大鸟飞到沙丘顶上，扇动翅膀，卷起的风几乎要吹掉水手们的脑袋。然后，它飞过冷杉树，力量大得把男孩扇了个跟头。可男孩早有准备，他握剑在手，对准大鸟狠狠地挥出一剑。大鸟被砍落在地，死了。

接下来，该进城了。城里人人喜气洋洋，因为他们的公主回到了国王身边。国王还亲自把公主藏了起来，许下诺言说，如果有谁能找到公主，就亲手将女儿许配给他，作为奖赏——全然不顾公主已有婚约在前。

半路上，男孩遇到一个贩卖白熊皮毛的人，便买下了一张熊皮。男孩将熊皮套在身上，又拴上铁链，让一位船长牵着他走。就这样，他们进了城，四处表演，嬉闹逗乐。终于，消息传到了国王耳边。这座城市里还从来没有过这么有趣的事，从来没人见过能听从指令手舞足蹈、蹦蹦跳跳的白熊。传令官来了，说必须立刻把白熊领进城堡，国王想看看它的把戏。

当他们来到城堡后，城堡里的所有人都害怕极了，因为从来没有人曾见过这样的野兽。不过，船长说，只要没人取笑白熊，就一点儿危险也没有。绝对不能取笑它，否则，它会把人撕成碎片的。国王听了，便告诫众臣：谁都不要笑。

表演开始了。可就在这时，国王的一名侍女进来，哈哈大笑着取笑起白熊来。白熊扑过去，一把将她撕开。堂上众人都痛哭起来，其中，哭得最伤心的就是船长了。

“别废话了。”国王说，“她只是个侍女罢了，再说了，这也是我的人，不是你们的。”

当表演终于结束时，已是深夜。“太晚了，你们别走了。”国王说，“这头熊还是就在这里过上一夜的好。”

“也许它可以睡在厨房的炉火边。”船长说。

“不。”国王说，“它就睡在这里，它应该睡在褥子和枕头上。”于是，人们送来了一大堆枕头和褥子，船长则在隔壁房间得到了一张床。

然而，半夜里，国王来了。他一手提着一盏灯，一手攥着一大串钥匙，带走了白熊。他们走过一条又一条走廊，穿过一扇又一扇门，经过一个又一个房间，一会儿上楼，一会儿下楼，最后，来到一个直伸进海里的码头边。走上码头，国王开始摆弄缆桩和柱子，又推又拉，这个升起，那个下沉，直到最后，一座小房子浮上了水面。他的女儿就在里面，他太爱她了，必须把她藏起来，不让任何人找到。

他把白熊留在房子外面，自己进去，告诉女儿，这头熊会如何地跳舞逗乐。女儿说，她很害怕，不敢看。可他劝了又劝，说只要不笑，就不会有危险。终于，他把白熊带进了屋子，锁上了门。

白熊开始跳舞、逗趣。可就在最逗乐的时候，公主的侍女忍不住笑了。男孩扑上前去，把侍女撕成了碎片。公主尖叫着，大哭起来。

“没什么好哭的。”国王叫道，“不过是个侍女罢了！回头我再给你个好的。不过现在，我看最好还是让这头熊在这里待到天亮，我可不想在大半夜的时候再带着它，把那些走廊啊楼梯的再走一遍。”

“噢，不！”公主说，“要是它在这里的话，那我就走。”

可就这么会儿工夫，白熊早已转身，自顾自地在炉子边趴了下来。最终，以亮着灯为条件，公主终于答应留下来。事情解决了。可是，国王刚一离开，白熊就凑到公主面前，请求她帮忙解开自己颈项处的接口。公主吓坏了，差一点晕过去。不过她还是伸出手，摸索到了接缝。接口刚一拉开，一个脑袋就钻了出来。

公主立刻认出了男孩，高兴得不知该怎么办才好。她想马上告诉父亲，说她的拯救者到了。可男孩不同意。他说，他要再一次光明正大地赢得她。于是，当清晨到来，外面传来国王摆弄柱子的动静时，男孩就钻回熊皮里，在火炉边躺了下来。

“怎么样，它睡得老实吗？”国王问。

“我想，算是吧。”公主说，“除了翻翻身、伸伸腿儿，倒也没别的动静了。”

等到他们返回城堡，船长便领着白熊离开了。接下来，男孩扔掉熊皮，找到个裁缝，定制了些配得上王子的衣服。衣服全部做好后，男孩便动身前去觐见国王，说他希望能尝试寻找公主。

“你不是头一个想这么做的人，”国王说，“不过他们全都丢了性命。因为，不管是谁，一旦开始寻找，要是不能在二十四个小时之内达成目标，就必须交出他的性命。”

是的，这些男孩都知道。可他还是想试试，如果真的找不到，那也是他命中注定的。于是，城堡的乐队演奏起甜蜜的乐曲，美丽的侍女们随着音乐翩翩起舞，男孩也跟着跳起舞来。

白熊凑到公主面前，请求她帮忙解开自己颈项处的接口。公主吓坏了，不过她还是伸出手，摸索到了接缝。接口刚一拉开，一个脑袋就钻了出来。公主立刻认出了男孩，高兴得不知该怎么办才好。

十二个小时过去了。国王说："我真是可怜你。你的搜寻工作还一点儿都没开始，你这条小命是注定要丢掉了。"

"说什么呢！"男孩说，"只要我还活着，就有希望！人只要一息尚存，就该无所畏惧。时间还多着呢！"他继续跳舞，一直跳到只剩最后一个小时。

这时，他宣布，他要开始搜寻了。

"已经这个时候了，没用了。"国王说，"没时间了。"

"点起你的灯，拿出你那一大串钥匙。"男孩说，"只管跟着我走。我们还有整整一个小时呢。"

循着那晚国王带过的路，男孩一路走下去，沿途要求国王不断打开锁上的房门，直到最后，来到一座直探入海里的码头边。

"这些全都是白费工夫，我告诉你。"国王说，"时间到了，这条路不过就是把你往海里带罢了。”

“还有五分钟。”男孩说着，一边在柱子和缆桩上又推又拉。房子出现了。

“时间到了。”国王大吼道，“刽子手，过来，把他的脑袋砍了！”

“不，不！”男孩说，“等一下，还有三分钟！把钥匙拿出来，让我进这房子里去。”

可国王站在一边，笨手笨脚地翻找钥匙，想拖延时间。最后，他竟声称自己没有钥匙。

“好吧，既然你没有的话，那我有。”男孩说着，一脚踹去，门板倒在地上，摔得四分五裂。

至于公主，正等在门边迎接他呢。她还告诉父亲，这就是拯救了自己的人，她的一颗心已经全都给了他。就这样，公主拥有了男孩。

这就是乞丐男孩如何娶到阿拉伯国王的女儿的故事。

PRINCE LINDWORM

麟龙王子

从前，有一位非常好的年轻国王，娶了一位最美丽的王后。他们生活得幸福极了，一切都称心如意，只有一件事除外——他们没有孩子。这让夫妻俩都常常陷入哀伤，因为王后想要一个可爱的孩子作伴，而国王则需要有人继承这个王国。

一天，王后独自出门散步，遇到了一位样貌可怕的老妇人。老妇人一看就是个巫婆，可她是个和善的好巫婆，不是坏脾气的那种。她问道："美丽的女士，你为什么看起来这么忧愁？"

"跟你说也没有用，"王后回答，"这世上没人帮得了我。"

"哦，那可不一定。"老妇人说，"把你的烦恼说出来听听，也许我有办法呢。"

"我亲爱的女士，你能有什么办法呢？"王后说，却还是把原委告诉了她，"国王和我没有孩子——这就是我忧伤的原因。"

"噢，你大可不必如此。"老巫婆说，"要我说，这事儿

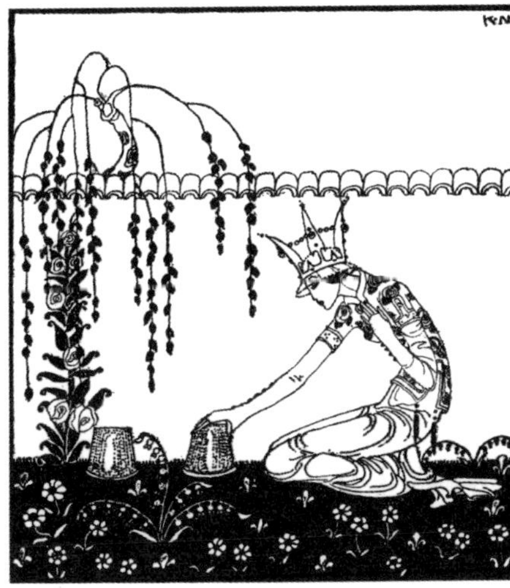

不难办，一眨眼就能解决，只是你必须完全照我说的做。听好了。今天傍晚，太阳落山的时候，带上一个双耳（就是把手）小水杯到你的花园去，把水杯倒扣着放在花园西北角的地上。然后你就离开，等到明天早晨日出的时候再去拿起来，你会发现，那下面扣着两朵玫瑰花，一朵红色，一朵白色。吃下红玫瑰，你会生下一个小男孩；吃下白玫瑰，你就能得到一个小姑娘。但是，无论你怎么选，都绝对不能把两朵花一起吃下去，否则你会后悔的——这一点，我得特别警告你！只能吃一朵，记住了！”

“真是太感谢你了。”王后说，“这真是个好消息！”她想把自己的金戒指送给老妇人，可老妇人拒绝了。

王后回到王宫，照着老妇人的话做了。第二天一大早，太阳升起的时候，她悄悄走进花园，拿起小水杯。王后吃惊极了，要知道，她心底里并不真的相信能够看到什么。可杯子下面真的躺着两朵玫瑰花，一朵红色，一朵白色。

这下可为难了，她不知道该怎么选。“如果选红的，”她想，“我就会有个小男孩，等他长大了，说不定得上战场，然后被杀死。可如果我选了白玫瑰，生下个小女儿，她倒是可以在家多陪伴我们一段日子，可之后她终究还是会结婚，会离开家，离开我们。这样的话，无论选哪个，我们到头来都可能还是没有孩子。”

左思右想之下，王后终于还是做出选择，吃下了白色玫瑰。这玫瑰的味道实在是太甘甜了，结果，她完全忘记了老妇人严肃的警告，把红色那朵也吃了。

过了一阵子，国王出门去打仗了。还不等他回来，王后就产下了一对双胞胎。一个是可爱的男孩，另一个，却是一条麟龙*，或者说海蛇。看到麟龙时，王后吓坏了。可它很快就蠕动着爬出了房间，除了她自己，再也没有其他人看到这一幕。于是，她想，这一定是个梦。

小王子长得非常漂亮，非常健康，王后整个人都沉浸在幸福之中。同样地——你们大概也猜到了——当国王回到家，看到自己的儿子，自己的继承人时，也开心极了。没人提起麟龙，只有王后，时不时还会想起一下。

岁月流转，小婴儿长成了一位英俊的年轻王子，转眼就到了该结婚的年纪。国王准备好皇家马车，配上六匹拉车的白马，派王子出访各国，去寻找一位高贵的公主做他的妻子。可

---

* 麟龙（Lindworm），又称鳞虫、林德虫等，欧洲神话中的生物，多见于斯堪的纳维亚和日耳曼传说，是西方龙的一种。根据传说中的描绘，其形似大海蛇，分有翼或无翼两种，有的有两条腿。

刚刚走到第一个路口，马车就被一条麟龙拦住了，那麟龙大得惊人，就连最勇敢的人也会为之胆战心惊。它横在道路中间，张着巨大的嘴，吼道：“我先娶妻，你再娶妻！”

王子掉转车头，想换条路走。然而，一切尝试都是徒劳。在每一条路的第一个路口上，都会卧着那条麟龙，高喊着：“我先娶妻，你再娶妻！”王子不得不返回城堡，放弃走访各国的计划。而他的母亲王后陛下，也不得不承认，麟龙说的都是真的。她的确生下了一对双胞胎，麟龙正是其中的老大，所以，先为它举办婚礼是应该的。

看来，别无他法了，如果年轻的王子——麟龙的弟弟——想要结婚，就必须先为麟龙找到一位新娘。于是，国王致信一个遥远的国家，希望能为他的儿子找到一位公主作为新娘（当然，他没说是哪个儿子）。

很快，一位公主到来了。可人们不让她提前见到她的新郎，直到婚礼现场，新郎才出现在大礼堂，立在她的身边。事已至此，自然，她没法再说自己不愿与他结婚。可第二天一早，公主消失了，麟龙独自呼呼大睡——很明显，它把她吃掉了。

事过不久，王子觉得，自己这下大概可以重新启程去寻访公主了。他坐上六匹白马拉的皇家马车，动身出发了。可就在第一个路口，麟龙又出现了，横卧在地，张着它的巨口：“我先娶妻，你再娶妻！”马车转向其他道路，同样的情形一再上演。车队不得不再次返回，就跟之前一样。

于是，国王同时给好几个王国发去信函，想知道，有没有人愿意嫁给他的儿子。终于，又等来了一位公主——这位公主来自非常非常遥远的地方。当然，在婚礼开始之前，她也没能见到自己未来的丈夫。直到婚礼当天，嚯，瞧瞧吧！立在她身边的，是一条麟龙。第二天一早，公主消失了，麟龙独自呼呼大睡——非常明显，它把她吃掉了。

不久，王子第三次开启了他的旅程——在第一个路口，又卧着那条麟龙，张着它的巨口，和之前一样，要求得到一位新娘。王子直接掉头回到城堡，对国王说："您得再为我的哥哥找个新娘了。"

"我不知道能再到哪里去找。"国王说，"我已经和两个强大的王国结了仇，两国的国王都曾经送来他们的女儿与我们结亲。现在，我真不知道，要怎样才能找到第三个姑娘。外面已经有各种奇怪的传言了。我能肯定，再也没有哪位公主敢来了。"

就在树林边的一栋小木屋里，住着国王的牧羊人。那是位老人，和他的独生女儿生活在一起。这天，国王来到小木屋，对他说："你愿意让你的女儿嫁给我的儿子麟龙吗？我会保证你下半生衣食无忧。"

"不，陛下。"牧羊人说，"我做不到。她是我唯一的孩子，等我老了，还指望她照顾我呢。再说了，既然麟龙没有放过两位美丽的公主，自然也不会放过她。它会一口把她给吞掉的——她是个非常好的姑娘，不该有这样的命运。"

可国王不接受"不"这个回答。到头来，老人还是不得不妥协。

当老牧羊人告诉女儿，她将成为麟龙王子的新娘时，姑娘伤心欲绝。她哭着跑进森林，为自己的命运而悲泣，泪水从双手指缝间汩汩溢出。她茫然地在森林里走着，正在这时，一个老巫婆突然从一棵巨大的空心橡树里走了出来，问她："你为什么看起来这么悲伤，美丽的姑娘？”

牧羊姑娘说：“唉，告诉你也没有用，这世上没人能帮得了我。”

“噢，那可不一定。”老妇人说，“把你的烦恼说来听听，也许我能有办法。”

“你又能怎么办呢？”姑娘说，“我就要嫁给国王的长子了，那是一条麟龙。它已经娶过两位美丽的公主，却都把她们吞进了肚子里——我也会被吃掉的！所以我才这么伤心。”

“唔，你大可不必如此。”巫婆说，“要我说，这事儿不难办，一眨眼就能解决，只是你必须完全照我说的做。”姑娘答应了。

“那么，听好了，”老妇人说，“等到婚礼仪式结束，你退场休息的时候，一定得要求穿上十件雪白的连衣裙。此外，你还必须要满满一桶碱水（那是一种洗东西的水，是用草木灰调成的）和满满一桶新鲜牛奶，再要满满一大捧鞭子，一个男孩怀里能抱得下多少，你就要多少。然后，把这些东西全部搬进你自己的卧室里。麟龙进屋后，一定会叫你脱掉裙子，到那时，你就要求它蜕皮，一条裙子换一层皮。等到它的皮全都蜕掉以后，你必须用那些鞭子蘸上碱水抽打他。接下来，再拿新鲜牛奶帮它洗澡。最后，你必须张开双手拥抱它，哪怕就一会儿。”

“最后一步还真是最糟糕的——呕！”牧羊姑娘说。一想到要把那冰冷的、滑溜的、浑身长满鳞片的麟龙抱在怀里，她就禁不住浑身发抖。

“就照我说的做，一切都会好的。”老妇人说完，便消失在了橡树里。

婚礼日到了，姑娘被送上六匹白马拉的皇家马车，带进城堡梳妆打扮，准备当新娘子。她提出要求，说必须得到十条雪白的连衣裙、一桶碱水、一桶牛奶，还有一个男孩满满一抱的鞭子。城堡里的女士和侍从们都觉得，那不过是农民的迷信罢了，全都是些胡说八道的东西。可国王说："她要什么就给她什么吧。"

于是，姑娘梳妆妥当，穿上了最华丽的礼服，变成了最美丽的新娘。她被领到举办结婚仪式的礼堂，直到麟龙进来，立在她身边，这是她第一次见到它。就这样，他们结婚了，有了一场盛大的婚宴，一场符合国王之子身份的盛宴。

宴席结束后，盛大的游行队伍奏着音乐，举着火炬，将新郎和新娘送进了新房。门刚一关上，麟龙就转身对她说：

"漂亮的姑娘，脱掉你的裙子！"

牧羊人的女儿回答他："麟龙王子，蜕掉你的皮！"

"还从来没有人胆敢叫我做这样的事！"它说。

"那么，现在我就命令你这样做！"她说。

于是，麟龙嘟嘟哝哝地开始扭动身体。几分钟后，一张长长的蛇皮摊在了它身边的地板上。姑娘脱掉她的第一条裙子，盖在蛇皮上。

麟龙又一次对她说："漂亮的姑娘，脱掉你的裙子。"

牧羊人的女儿回答他："麟龙王子，蜕掉你的皮。"

"还从来没有人胆敢叫我做这样的事。"它说。

"可我现在命令你做。"她说。

于是，麟龙一边呻吟，一边抱怨着，蜕下了第二层皮。姑娘用她的第二条裙子盖在上面。

麟龙第三次说："漂亮的姑娘，脱掉你的裙子"。

姑娘梳妆妥当，穿上了最华丽的礼服，变成了最美丽的新娘。她被领到举办结婚仪式的礼堂，直到麟龙进来，立在她身边，这是她第一次见到它。

牧羊人的女儿也再一次回答他："麟龙王子，蜕掉你的皮。"

"还从来没有人胆敢叫我做这样的事。"它说，小眼睛滴溜溜地乱转。可姑娘一点儿也不怕，又一次命令他听从自己的要求。

就这样，直到最后，麟龙的第九层皮也摊在了地板上。每一层皮上都盖着一条雪白的连衣裙。现在，麟龙身上什么也没有了。它变成了一团巨大的、黑乎乎的东西，看上去可怕极了。姑娘拿起鞭子，蘸上碱水，用尽全力抽打他。鞭打结束后，又把它整个浸在新鲜牛奶里，从头洗到脚。最后，姑娘将它拖到床上，张开双臂，紧紧搂住它。下一刻，姑娘便坠入了梦乡。

第二天一大早，国王和侍从们过来，透过钥匙孔偷偷朝里窥看。他们想知道，那姑娘怎么样了，可谁也不敢走进房间。不过，他们终究还是鼓起勇气，把房门推开了一条小小的缝。看到了，那姑娘还活着，生气勃勃，面颊红润。在她身边躺着的，不是麟龙，而是一位英俊无比的王子。在这世上，绝没有人能凭空想象得出，他究竟有多么英俊。

国王冲出去，叫来了王后。很快，整座城堡都沸腾了，洋溢着前所未有的喜悦——今后也不可能再有了。婚礼重新举办，比第一次更加盛大。庆典、宴会和狂欢持续了一天又一天，一周又一周。从来没有哪位新娘，能像这位来自牧羊人小屋的农家姑娘一样，得到一对国王和王后如此衷心的喜爱。他们毫无保留地爱她、善待她，因为，全靠她的理智、冷静和勇气，才拯救了他们的儿子——麟龙王子。

THE LASSIE AND HER GODMOTHER

少女与教母

从前，在一片非常非常遥远的大森林里，住着一对贫穷的夫妇。妻子怀胎十月，生下了一个漂亮的女孩。可他们实在太穷了，拿不出钱来支付牧师的费用，不知道要怎样才能让这小婴儿受洗。

无奈，父亲在这天出了门，想看一看，能不能找到什么人愿意帮助这孩子，拿出这笔钱来。他从一栋房子走到另一栋房子，走了整整一天，所有人都说，他们很愿意帮助这孩子，可谁也不肯代为支付这笔费用。

然而，就在回家的路上，他遇到了一位美丽的女士，她的衣饰是那样精美，看上去绝对是个和善的好人。女士说，她可以帮助孩子受洗，但在那之后，她说，孩子得让她带走。丈夫回答，他必须先问问妻子，看她怎么想。可是，当他回到家中，把这事儿一说，妻子立刻回答："不！"

第二天，丈夫继续出门求助，可只要提到钱，就没有人肯伸出援手。无论他怎样请求，甚至乞求，都没有用。在傍晚回

家的路上，他再一次遇到了那位美丽的女士，她看上去是那么甜美，那么善良。同样，她再次提出她的建议。于是，丈夫也再一次向妻子讲述了自己的遭遇。这次，妻子说，既然那位女士看上去那么和蔼，又那么善良，那就再试一天，要是还找不到人来帮助他们的孩子，就只有让那位女士把她带走了。

第三天，男人东奔西走，却始终找不到人能帮忙。于是，当黄昏到来，又一次见到那位和善的女士时，他答应了，让她带走孩子，但在此之前，她必须先帮孩子完成受洗仪式。就这样，第二天上午，女士来到男人的家，身后跟着两个男子，他们将担任孩子的教父。他们接走孩子，来到教堂，为她完成了受洗仪式。之后，女士便把孩子带回了自己家中。在那里，小姑娘同她一起生活了好些年，她总是那么慈爱、和气。

如今，小姑娘长成了少女，已经到了能分辨对错的年纪，教母打算出一趟门。

“你现在有了我的许可，”她说，“可以进入这栋房子的任何地方，只是除了我告诉过你的那几个房间。”交待完毕，教母便离开了。

可少女却按捺不住好奇心，一心只想推开其中哪扇房门看上一眼，只开一丁点儿就行。她推开了，可就在那一瞬——嘭！一颗星星飞走了。

当教母回到家中，发现星星飞走了，不由得又急又恼，对养女非常生气，威胁要把她赶走。可那孩子不断哭泣哀求，终于，还是留了下来。

不久，教母又要出门了。离开前，她警告女孩，不许进入她还没进去过的那两个房间。女孩答应了，承诺会小心留意。然而，当只剩下一个人独处时，她不禁又开始好奇，第二个房间里到底有什么呢？终于，她还是没能忍住，把房门推开了一条小缝，刚刚够眯起眼睛朝里觑看的，可就在这时——嘭！月亮飞走了。

当教母回到家，发现月亮不见了，顿时伤心极了，对少女说，她必须离开，不能再住在这里了。可少女痛哭流涕，苦苦哀求，请求原谅。这一次，她又留了下来。

过了一段日子，教母不得不再次离开。少女已经是半个成年人了，这一次，教母非常严肃地给她下达了命令，绝对不能再尝试进入，或者窥看第三个房间。

然而，教母离开的时间太长了，少女厌倦了一天到晚独自逛来逛去的日子。突然，一个念头闪过她的脑海：“哎呀，要是能稍微看一眼第三个房间，该多有意思啊。”好在，她随即想起，为了教母，绝不能这么做。可当坏念头第二次袭来时，

教母又出门了，少女不禁又开始好奇，第二个房间里到底有什么呢？终于，她还是没能忍住，把房门推开了一条小缝，刚刚够眯起眼睛朝里觑看的，可就在这时——嘭！月亮飞走了。

她再也忍不住了。无论如何，她非得看看那个房间不可。于是，她把房门推开了一丝缝隙，刹那间——嘭！太阳飞走了。

当教母回到家，看到连太阳也飞走了，她的心碎了，说："既然这样，说什么都没用了。这姑娘必须，也应该离开。"她不能容忍少女再留在这里。少女几乎哭瞎了双眼，说尽了一切恳切动人的话语，苦苦哀求——可全都没有用。

"不！而且，除此之外，我还必须惩罚你。"她的教母说，"你可以做出选择，是要当这世上最美的女人，却不能说话，还是能说话，却成为最丑陋的女人。但不管怎么选，你都必须离开，从我的面前消失。"

少女说："我选择美丽。"转眼间，她变得美丽绝伦，从发丝到脚尖，无一例外。可从这一天开始，她也成了一个哑巴。

就这样，少女离开了教母，在无边无际的大森林里走啊，走啊——可越走，仿佛离森林的边缘就越远。终于，天渐渐黑了。她来到一眼泉水边，爬上一棵高高的大树，安顿下来，睡了一夜。

附近有一座城堡，每天清晨，城堡里的女仆都会来泉边汲水，好为年轻的国王烹茶。恰巧，少女就待在泉眼的正上方。于是，当女仆低头看向水面时，水面上出现了一张美丽的面庞，她以为这就是自己。女仆立刻扔开水罐，掉头跑了回去。回去后，她高高地昂起头，说："既然我长得这么美，打水就绝不该是我做的事。"

不得已，另一位女仆出发去打水。可同样的事情再次发生了。她跑回来，说自己实在是太美、太出色了，不该跑到泉边去为国王打水。

这一次，国王亲自出发了，他想看看，究竟出了什么事。他来到泉边，在水中看到了同样的画面。国王立刻抬起头，发现了树上的美丽少女。国王把少女哄下树，带回家中——到最后，更是打定主意，要娶她做自己的王后。要知道，她实在是太美了。可国王的母亲还在世，她不同意。

"你看她连话都不会说，"她说，"说不定是个邪恶的巫婆呢。"

可国王娶不到她绝不甘心。终于，他们还是结为了眷属。不久，王后怀孕了。孩子出生后，国王派人悉心照料，无微不至。可是，当婴儿和所有人都睡熟之后，教母出现了。她划破婴儿的小指，把鲜血涂在王后唇上，说："当初，你放走我的星星时，我有多伤心，现在你也必将同样伤心。"说完这句话，她便带着婴儿消失了。

看护孩子的侍从醒来后，立刻认定，是王后吃掉了自己的孩子。老王后极力主张把她活活烧死，可国王太爱她了，终究

这一次，国王决定亲自去看看，究竟出了什么事。国王来到泉边，在水中看到了一张美丽的面庞。国王立刻抬起头，发现了树上的美丽少女。

国王把少女哄下树，带回家中。他打定主意，要娶她做自己的王后，因为她实在是太美了。即使自己的母亲不同意，可国王娶不到她绝不甘心。

还是说服母亲，放过了她。只是，为了她的自由，国王真是费尽了心力。

有了前车之鉴，当年轻的王后生下第二个孩子时，看护的人手比第一次多了一倍。可同样的事情还是再次发生了，只是这一次，她的教母说的是：

“当初，你放走月亮时，我有多伤心，现在你也必将同样伤心。”

王后苦苦哀告，哭泣着恳求——教母在的时候，她是可以说话的——可是没有用。

这一次，老王后坚称，她必须被烧死。可国王想方设法，求得了母亲的宽恕。

第三个孩子出生了，看护比第一次严密了三倍。然而，同样的事情依旧没能避免。当看护睡着后，王后的教母出现，带走了婴儿。教母划破婴儿的小手指，将鲜血涂在王后嘴唇上，告诉她，现在，她将体会到太阳被放走时自己的悲伤了。

而这一次，国王再也救不了她了。她必须，而且理所应当被烧死。就在王后被送上火刑台时，她的教母突然出现在众人面前，带着三个孩子——两个牵在手里，一个抱在怀中。教母走到年轻的王后面前，说：

“这是你的孩子们，现在，是你重新得到他们的时候了。我是圣母玛利亚，无论你经历了怎样的悲伤，当初你放走太阳、月亮和星星时，我都同样经历过。如今你已经得到了惩罚，从此刻开始，你可以开口说话了。”

这一刻，王后和国王有多么开心，人人都能想象得到，却没人能够描述得出。从此，他们幸福地生活在一起——甚至，从那天以后，就连国王的母亲也变得非常喜爱年轻的王后了。

“这是你的孩子们，现在，是你重新得到他们的时候了。我是圣母玛利亚。如今你已经得到了惩罚，从此刻开始，你可以开口说话了。”教母对年轻的王后说。

THE HUSBAND WHO WAS TO MIND THE HOUSE

挑剔的丈夫

从前，有一个坏脾气的男人，总是对妻子的家务活诸多挑剔。一天傍晚，他正割着麦草，却中途跑回家中，骂骂咧咧，咬牙切齿，冲妻子大发雷霆。

“亲爱的，别这么生气。我有个好主意，”他好脾气的妻子说，“明天，我们俩交换一下。我和割草工一起出去割草，你留在家里打理家务。”

太棒了！丈夫觉得这样很不错，当即回答说，求之不得。

于是第二天一早，老好人妻子扛上大镰刀，出门和割草工们一起下地，开始割草。男人则留在家里，收拾屋子做家务。

首先，他想用搅拌桶做点儿黄油。可搅了没一会儿，他觉得渴了，便下楼到地窖去，打算开一桶麦芽啤酒喝。他敲掉酒桶塞子，正要把龙头插进塞子口里，就听到头顶上传来有猪跑进厨房的动静。他立刻跳起来，一步几个台阶地往楼上跑，唯恐猪把搅拌桶给打翻了——手里还抓着酒桶龙头。

然而，当他冲上去时，却只见搅拌桶已经翻倒，猪正哼哼着满地乱拱，把奶油弄得到处都是。他气坏了，把啤酒桶忘得干干净净，一心追着猪拼命跑。终于，赶在猪往门外跑的当口，他逮住了它。男人狠狠地揍了它一顿，那小猪当即倒在地上，奄奄一息。直到这时，男人才突然意识到，啤酒龙头还抓在自己手里。可等他回到地窖，桶里的啤酒早就流得干干净净，一滴也没剩下。

男人只好回头继续做他的黄油。他找出剩下的奶油，很好，还够一桶的。他重新开始搅拌，要知道，他们吃饭可少不了黄油。又搅拌了一会儿，他突然想起，奶牛还关在牛栏里，整整一个上午了，一口吃的、一滴水都没有，而太阳已经升得很高了。眼珠一转，他又想到，要是把奶牛牵到草甸去的话，实在太远了，不如就让它上房顶去吃草——这房子的屋顶上铺的就是草皮，草长得好极了。正巧，这房子背靠一片陡峭的山坡，他琢磨着，只要在屋后往房顶上架一块木板，很容易就能把牛引上屋顶了。

不过，他还是不能丢下搅拌桶不管，因为他们的小婴儿正在地板上爬来爬去，“要是我走开了，”他想，“这孩子肯定会把桶打翻。”于是，他把搅拌桶背在背上，走出门去。可转念一想，他又觉得，上房顶之前，还是先喂奶牛喝点水的好，于是拿起水桶去打水。他来到井台边，弯下腰开始打水，搅拌桶里的奶油一下子越过他的肩头，统统扣进了井里。

已经快到吃饭时间了，男人连黄油都还没做出来。他想，还是煮燕麦粥吧。男人打了一罐子水，吊在火上。这时候，他突然想到，奶牛很有可能从房顶上掉下来，摔断腿，甚至摔断脖子。他赶紧爬上屋顶去拴牛。男人拿起绳子，一头套在奶牛脖子上，另一头顺着烟囱放下去，垂进厨房里，系在了自己的

大腿上。现在，他得快一点了，罐子里的水就要烧开了，可燕麦还没碾碎。

他赶紧动手碾燕麦。就在他努力碾磨时，奶牛果然从屋顶上掉了下去。它这一掉不打紧，男人却瞬间被拽进了烟囱。男人被死死卡在烟囱里，而奶牛呢，贴着墙，悬在半空中摇摇晃晃，上不着天，下不着地，动弹不得。

此时，他的妻子已经几度张望，只等丈夫来叫大家回家吃饭。可始终没有人来。最后，她觉得已经等得太久了，便直接回了家。可刚到家门口，妻子就看到奶牛被困在那样危险的境地中，她赶紧跑上房顶，挥起镰刀，割断绳子。孰不知，这样一来，她的丈夫却也从烟囱里掉了下去。于是，当她走进厨房时，看到的就是，男人头下脚上，正倒栽在燕麦粥罐里。

THE LAD WHO WENT TO THE NORTH WIND

少年与北风

从前，有一位老寡妇，她只有一个独生儿子。老妇人身体太弱了，每到做饭时，只能叫儿子爬上储藏间去取碎米。这天，少年钻出储藏室，正顺着梯子往下爬，一阵北风呼啸而来，把他的碎米卷上半空，不见了。少年只得返回储藏室——可是，等他再次出现在梯子上时，你以为，北风就不会再吹一口气，把米卷走吗？更有甚者，这样的事情还发生了第三次！少年气坏了。他认为，北风这么做实在是太无情了，他应该找上门去，要求北风归还他的米。

于是，少年出发了。路很远，他走啊，走啊，终于，来到了北风的大门前。

“日安！”少年说，“承蒙您昨天来拜访我们。”

“日安！”北风回答，他的声音很大，很粗哑，“承蒙你来看我。你来做什么？”

“噢！”少年回答，“我只想请求您行行好，把从我这里拿走的米还给我，那时候我正站在储藏间的梯子上。那是我们

仅有的口粮，要是被你拿走的话，我们就什么也没有了，只能挨饿。”

“我没拿过你的米。”北风说，“不过，既然你提出来了，我可以送给你一块桌布，无论你想吃什么，它都能满足。你只要说：‘桌布，桌布，请展开，为我送上好吃的！’就可以了。”

得到了这样一块桌布，少年心满意足。可是回家的路太远，他没办法当天赶回家，只得住进了半路的一家小旅店。当客人们都坐下来，准备吃晚餐时，少年坐在角落里的桌子边，铺开桌布，说：

“桌布，桌布，请展开，为我送上好吃的！”

桌布做到了。不必他开口，在场的人就全都能知道，这是好东西。其中，最眼热的，就要数旅店老板娘了。于是，待到夜深人静，所有人都睡熟之后，她用另一块桌布换走了少年的。这块桌布跟北风送给少年的那块很像，只是，它连一片干面包也变不出来。

少年醒来后，带上桌布便离开了。当天，他回到家中，见到了他的妈妈。

“您看，”他说，“我去过北风家里了，他是个好人，给了我这张桌布，只要我说‘桌布，桌布，请展开，为我送上好吃的’，我们就能有吃的了，想要什么就有什么。”

“听着可真像是那么回事儿。”他妈妈说，“不过眼见为实，除非亲眼看到，否则，我是不会相信的。”

少年立刻拖出桌子，把桌布放在上面，念道：

“桌布，桌布，请展开，为我送上好吃的！”

可是，这桌布连一片干面包都没变出来。

“好吧，”少年说，“没办法了，看来只能再去找北风一次了。”说完，他便出发了。

当天下午，他赶到了北风住的地方。

“晚上好！”少年说。

“晚上好！”北风说。

“我想要回我们被你拿走的米。”少年说，“因为你给我的桌布根本就一文不值。”

“我没拿过你们的米。”北风说，“不过那边有一头公羊，它也没别的用处，只是，如果你说，‘公羊，公羊！请生钱！’它就会生出金币来。”

少年想，这可是好东西。可是，路太远了，他没法当晚就赶到家，便回到前一晚住过的旅店里过夜。

点餐之前，少年先试了试——不错，北风对公羊的描述果然是真的。可这情形落在了旅店老板的眼里，他告诉自己，这可真是头了不得的好羊啊。于是，等少年睡熟之后，他牵来另一头不会生金币的公羊，将少年的羊给掉了包。

第二天一早，少年离开了。他回到家中，一见到妈妈，就说：

“不管怎么说，北风是个叫人高兴的家伙。这一次，他给了我一头会生金币的公羊，只要我说‘公羊，公羊！请生钱！’就行了。”

“听上去还真像那么回事儿。”他的妈妈说，“不过，除非亲眼看到金币生出来，否则，我是不会相信这种事的。”

“公羊，公羊！请生钱！”少年说。

可惜，就算这头公羊能生出什么来，那也绝对不是钱。

少年只得再一次回头，去找北风。他对北风大发脾气，说那头公羊根本没有用，他非得要回他的米不可。

“噢！”北风说，“除了那边墙角的那根棍子，我再也没有什么能给你的了。不过，那不是普通的棍子。只要你说‘棍子，棍子！请攻击’，它就会开始攻击，直到你再说‘棍子，棍子！停下来’，它才会停。”

路依旧是那么远，男孩又住进了同一户人家开的旅店。不过，事到如今，对于桌布和公羊究竟是怎么回事，他也已经猜到七八分了。于是，男孩进门便直接往长凳上一躺，很快就打起呼噜，假装睡着了。

至于店主，他坚信这根棍子也必定是个好东西。因此，他早早就找来了一根模样很相像的棍子。听到呼噜声响起，店主立刻上前，打算再来个李代桃僵。却不料，就在他伸出手，准备拿起棍子时，少年大喊：

“棍子，棍子！请攻击！”

棍子立刻瞄准店主，开始追打，直打得他在桌椅和长凳间胡蹦乱窜，哭号着说：

“噢，天哪！噢，天哪！让那棍子停下来，它要把我打死了，桌布和公羊我都还给你。”

可直到少年认为店主已经得到足够的教训后，他才说：

“棍子，棍子！停下来。”

接下来的故事便是，少年拿回桌布塞进口袋，用绳子拴住羊角，一手攥着他的棍子，一手牵着他的公羊，回家去了。就这样，少年拿回了自己在碎米上丢掉的权益。

THE THREE PRINCESSES OF WHITELAND

白色王国的公主

从前有一位渔夫，住在王宫的宫墙外，为国王打鱼。一天，渔夫出海打鱼，却什么也没钓上来。他想尽了一切办法，无论是换鱼饵，还是换地点，钩子上依旧连一条小杂鱼也见不到。眼看白天就要过去，突然，水面上冒出了一个脑袋，说：

“如果你能把你妻子紧身衣下面的东西给我，你想钓多少就能有多少。”

“行！”渔夫冒冒失失地答应了。可他不知道，他的妻子已经怀孕了。果然，答应之后，渔夫钓到了许多鱼，什么品种的都有，要多少有多少。天黑了，他回到家，跟妻子说起自己这一天的奇妙际遇。

可是，当听到这些鱼是怎样得来的时，妻子却一下子哭了起来。她伤心地哭喊着，拼命想和丈夫做出的承诺撇清关系。原因正如她所说：“我的紧身衣下怀着一个孩子。”

事情很快传开了，一直传到了国王的城堡里。就连国王也听说了这位妻子的伤心事。在弄清楚事情的来龙去脉后，国王

派人传话，说他可以负责抚养这个孩子，或许，这样就能把孩子保下来。

几个月过去了，渔夫的妻子生下了一个男孩。国王立刻派人接走婴儿，把他当作亲生儿子一般抚养，直到他长成了一个大小伙儿。

一天，小伙子请求出宫去出海钓鱼，和他真正的亲生父亲一起。他说，他实在是太想去了。起初，国王并不同意。可他自作主张，终究还是离开了城堡。父子俩在海上度过了愉快的一整天，一切都好极了。直到天黑，他们才回到岸上。

就在这时，小伙子突然发现自己的手帕不见了，便回到船上寻找。却不料，他的双脚刚踏上船板，海水就在船头下咆哮起来，推着小船飞一般地驶离了岸边，无论小伙子怎样拼命划桨，都无济于事。就这样，他漂啊，漂啊，漂了整整一夜，也不知究竟漂出了多远，最后，来到一片白色的海湾。

小伙子登上海岸探查，走了没多远，便遇到了一位老人家。他留着长长的白胡子，看上去，已是垂垂老矣。

“这是什么地方？”小伙子问。

“白色王国。”老人说。接着，老人问起小伙子，从哪里来，打算做什么。小伙子一五一十全都告诉了他。

“是了，是了！”老人说，“那么，你现在沿着这片海湾，往前再走一小段路，就会看到三位公主。她们被插在地里，土一直埋到脖子，只有头露在外面。第一个是大公主，到时候，她会大声叫你，拼命恳求你去救她。第二个公主也一样。你谁都不要理会，只管快点儿走过去，就像什么也没看到，什么也没听到一样。但是，遇到第三位公主时，你要走过去，照她说的做。做到以后，你自然会交上好运的。这就是我要告诉你的。”

小伙子遇到了第一位公主，她大声呼喊，拼命恳求他救自己，可他就像没看见一样，走开了。同样，他也忽略了第二位公主。但是，轮到第三位公主时，小伙子立刻走上前去。

“如果你愿意照我说的做，”她说，“就可以在我们三姐妹中任意选择一个。”

“好。”他乐意之至。于是，公主告诉他，她们姐妹是怎样被三只山怪埋在了这里，而在此之前，她们原本生活在上面那片森林中的城堡里。

“现在，”她说，“你必须到城堡里去，让山怪鞭打你，每晚一个。扛过三个晚上，你就能把我们三姐妹都解救出来了。”

行，小伙子说自己愿意试一下。

“这里是白色王国，”老人对小伙子说，“你现在沿着这片海湾往前再走一小段路，就会看到三位公主。她们被插在地里，土一直埋到脖子，只有头露在外面。”

“进城堡时，”公主继续说，“你会看到门边站着两头狮子。只管从它们中间穿过去，它们不会伤害你。接着，你就直接走进一个黑暗的小房间，铺好你的床。之后，山怪就会来鞭打你。不过，千万记住，那屋里的墙上挂着一个长颈玻璃瓶，里面装的是药油。到时候，你只要取下瓶子，涂抹药油，那么不管那山怪抽打得有多重，你的伤口都能立刻恢复如初。接下来你要做的，就是拿起挂在长颈瓶子旁的剑，把山怪刺死。”

是的，他遵照了公主的嘱咐——他从狮子中间穿过，就像压根没看到它们一样；他直接走进那个小房间，躺下睡觉。第一晚，进来的是一只三头山怪，拿着三条鞭子，狠狠地抽了小伙子一顿。小伙子坚持到了最后。鞭打结束后，他取下长颈瓶，为自己搽上药油，然后抓起长剑，一剑把山怪给刺死了。

第二天一早，当他离开城堡时，三位公主的腰部以上都升上了地面。

晚上，同样的事情再次上演，只是，这一次的山怪有六个头，手里拿着六条鞭子。山怪毫不留情地抽打小伙子，比头一晚打得更厉害。但是，当次日早晨，小伙子离开城堡时，公主们只剩膝盖以下还埋在土里了。

第三天夜晚，来了一只九头山怪，带着九条鞭子。它对着小伙子又抽又打，没完没了，直到他昏厥过去。见状，山怪抓起小伙子，冲着墙壁把他狠狠地扔了过去。挂在墙上的长颈瓶被震落下来，不偏不倚，刚好砸在小伙子身上，摔得粉碎，药油流遍了他的全身上下。顿时，小伙子恢复如初，身体里充满了力量。他一刻也没有耽搁，抓起长剑，当场将山怪刺死。

第二天早晨，当他走出城堡时，三位公主已经彻底摆脱了土地的束缚，站在了他的面前。小伙子选择了三公主做他的王后，两人度过了一段幸福快乐的时光。

可渐渐地，年轻的国王开始想家了，他想回去待上一小段日子，探望自己的父母。王后不喜欢这个想法。可小伙子对此耿耿于怀，越是回不去，就越是渴望。眼看是没办法让他回心转意了，王后只得说：

“你必须答应我，只能做你父亲要求你做的事，绝不能听从你母亲的期望。”小伙子答应了。

于是，王后给了他一枚戒指。那是一枚有法力的戒指，无论谁戴上它，都能实现两个愿望。年轻的国王许下了回家的愿望。当他出现在家中时，父亲和母亲简直无法相信，他们的儿子已经长成了这样一个了不起的男子汉。

日子一天天过去，小伙子回到家已经有一段时间了。母亲始终想让儿子进宫觐见老国王，让他看看，当年的孩子，如今长成了多么出色的小伙子。可父亲说：

“不！别叫他去。这么做的话，只怕国王是不会高兴的。”

可是没用。母亲不断地恳求、劝说，最后，小伙子还是去了。走进王宫的他，无论装扮还是气势，都远比另一位国王英武。果然，后者对此并不那么高兴。最后，老国王说：

“很好，很好。不过，你看，你见过了我的王后，知道她是什么模样，可我却见不到你的王后，不知道她是什么样子。你知道吗，我看啊，她不可能像我的王后那么美。”

“天主在上，”年轻的国王说，“她立刻就能来到这里，到那时，你就能看看她是什么模样了。”话音刚落，年轻的王后就站在了他们面前。

可她却非常悲伤，对他说：

“你为什么不把我的话放在心上，为什么不听你父亲的话呢？现在，我要回去了，至于你，你已经把你的两个愿望都用掉了。”

说完，她拿出一枚刻着自己名字的戒指，系在小伙子的头发上。紧接着，她便许下回家的愿望，消失了。

年轻的国王伤心欲绝，日复一日，他不断地想，究竟该怎么做，才能回到他的王后身边。“我要试一试，”他想，“哪怕不知道白色王国到底在哪里。”他开始游历四方，到处打听，经过了漫长的旅程。

这天，他来到一座高山上，见到了统领林间百兽的人。当这位百兽之主吹响号角时，天下的野兽就会全部汇聚到他身边。年轻的国王向他打听，是否知道白色王国在哪里。

“不，我不知道。”他说，“不过我可以问问我的动物们。”他吹响号角，唤来百兽，询问它们，是否有谁知道白色王国在哪里。可是，没有野兽知道。

于是，这人拿出一双雪地鞋，交给年轻的国王。

“穿上这双鞋，”他说，“你就可以抵达我的兄弟那里，他住在数百英里*之外，是空中百鸟之主。去问问他。到了他家以后，只要把鞋子调个头，鞋尖对着我的方向，它们就会自己回来了。”就这样，国王来到了百鸟之主的家，并且遵照百兽之主的话，掉转鞋头，让它们自己回家去。

随后，国王再次问起白色王国的所在。百鸟之主吹响了他的号角，召唤群鸟毕集，询问是否有谁知道，白色王国在哪里。但没有鸟儿知道。一直到其他鸟儿全部抵达之后，又过了很久，一只年老的鹰才姗姗来迟，它曾有整整十年的时间都在周游天下。可惜，即便如此，它也说不出更多的消息。

“好吧，好吧。”那人说，“我借给你一双雪地鞋，穿上它们，你就能找到我的兄弟，他住在好几百英里之外，是海中群鱼之主，你最好去向他打听打听。不过，到了以后，别忘了把鞋尖对准我家的方向。”

国王满心感激，穿上鞋子出发了。见到海中群鱼之主后，他立刻掉转鞋头。同之前那双一样，雪地鞋自己回家了。紧接着，他又一次询问起白色王国。

听完他的问题，群鱼之主吹响了号角，可是，没有鱼知道，那个国度究竟在哪儿。最后赶到的，是一条年迈的梭子鱼，为了召唤它，可费了他们老大的工夫——这条老鱼离得实在太远了。然而，当他们向它提出问题后，老梭子鱼回答：

---

* 一英里约合1609米。

于是，百兽之主拿出一双雪地鞋，交给年轻的国王。“穿上这双鞋，你就可以抵达我的兄弟那里，他住在数百英里之外，是空中百鸟之主。你可以问问他，白色王国在哪里。”

“那个地方？我当然知道！我在那里当了十年的厨子，明天就要回去了。至于白色王国嘛，国王不见了，王后马上就要嫁给新丈夫了。”

“噢！”群鱼之主说，“既然这样，我给你出个主意吧。就在这附近，有片沼泽地，里面有三兄弟，已经待在那儿好几百年了，他们一直在争夺一顶帽子、一件斗篷和一双靴子。无论是谁，只要得到这三样东西，就能隐身，并且去往任何地方。你可以跟他们说，你愿意帮他们裁决，看究竟是谁应该得到这些东西，只是，在那之前，你必须首先亲自试用一下。”

太好了！国王谢过他，牢牢记下他的叮嘱，就离开了。

“这都是怎么回事？”他对三兄弟说，“你们为什么站在这里，整天打个不停？不如让我试用一下这些东西，然后帮你们裁决，看它们究竟应该属于谁。”

三兄弟都求之不得。可是，当国王戴好帽子，披上斗篷，穿上靴子之后，却说：

“等下一次见面时，我再把我的裁断告诉你们。”不等话音落地，他便默念起地名，离开了。

国王一路向前疾驰，到后来，甚至追上了北风。

“去哪儿？”北风咆哮着问。

“白色王国。”国王回答道，并将自己的遭遇全都说了出来。

“哦，”北风说，“你比我飞得快——没错，因为你可以直接过去，可我还得吹遍每一个角角落落。这样，你到了那里之后，先在门边的台阶上等着。我一到，就立刻发动风暴，摆出要把整座城堡夷为平地的架势。到时候，王子——就是打算迎娶你的王后的那个家伙——肯定会出门来查看情况，你只要揪住他的领子，把他扔到大门外，接下来嘛，我自然会照管他。看我怎么把他送得远远的。”

听起来不错，国王依计而行。落地后，他便守在台阶上，只等北风赶到。北风来了。它呼啸着卷起风暴，向城堡外墙发起冲击。高墙颤抖起来。王子走出门，查看究竟出了什么事。一见他露面，国王立刻上前，揪住他的领口，把他扔到了大门外。北风随即接手，抓住王子，把他远远地送走了。王子的问题解决了。

国王迈步走进城堡。起初，王后没能认出他来。走过了那么远的路，经历了那么多的悲伤，如今的他，变得多么苍白、多么瘦弱啊。可当他拿出戒指时，王后立刻欣喜若狂。就这样，一场名正言顺的婚礼举行了，这个故事也传遍了四面八方。

国王迈步走进城堡。起初，王后没能认出他来。走过了那么远的路，经历了那么多的悲伤，如今的他，变得多么苍白、多么瘦弱啊。他拿出戒指，王后欣喜若狂，一场名正言顺的婚礼就这样举行了。

SORIA MORIA CASTLE

索里亚·莫利亚城堡

从前，有一对贫穷的夫妻，他们生了一个儿子，名叫哈尔沃。从小，这孩子就是个油瓶倒了也不扶的主儿，整天只是坐着那里，在炉灰里扒拉来，扒拉去。父母一次又一次地把他送出门去，学学这个行当，学学那个营生，可哈尔沃从来都待不长。每一次，要不了两三天，他就会从主人家逃出来，一路跑回家，继续窝在火炉边，在煤渣炉灰里翻来掏去。

终于，有一天，来了一位船长，问哈尔沃想不想跟他走，一起出海，去见识见识不曾到过的地方。好啊，哈尔沃非常高兴。没什么好准备的，他这就可以出发。

他们究竟航行了多长时间，我是说不清楚了。不过，后来，船队遇到了一场大风暴，当风暴终于平息，一切平静下来之后，他们早已迷失了方向，不知道自己身在何处。那是一片陌生的海岸，对于这个地方，船上所有的人都一无所知。

好吧，既然眼下连一丝风都没有，他们也只能停靠在这里，等风来。哈尔沃找到船长，说他想告个假，独自上岸去探查一番。他说，比起躺在这里睡大觉，他倒宁愿四处走走。

“要是这里有人的话，你觉得你现在这副模样，能出现在他们面前吗？”船长说，“瞧瞧你身上这些，根本就连衣服都算不上，只是些破布罢了。”

可哈尔沃很坚持。最终，船长还是批准了他的请求，只是要求他答应，一旦起风，就必须立刻回来。就这样，哈尔沃离开了海岸。他发现了一片美丽的土地——且不管这究竟是什么地方，至少，这里有大片平坦的麦田和丰茂的草场。只是，他连一个活物也没有见到。

就在这时，起风了。可哈尔沃还没看够，他想再走得远一些，看看能不能遇到什么人。没过多久，他来到了一条宽阔的大路上，路面平整光滑极了，简直可以让鸡蛋在上面轻轻松松地一路滚下去。

哈尔沃沿路向前走去，直走到夜色初起，才终于望见了一座巍峨的城堡。城堡还很远，在那里，依旧还有阳光闪耀。他已经走了一整天，什么都没吃，饿得像头一无所获的猎犬。可即便如此，越是靠近城堡，他就越觉得胆战心惊。

哈尔沃走进城堡的厨房，里面，炉火正熊熊燃烧。从出生到现在，他还从没见过这样的厨房。它是那么大，那么漂亮，摆满了金银器皿。只是，依旧不见任何活物。哈尔沃站了一会儿，没有人出现。于是，他继续往里走，推开一扇门。里面坐着一位公主，正俯身在一架纺车上忙碌着。

“不，不，赶快！”她叫道，“怎么会有人敢到这里来？不想被山怪一口吞掉的话，你最好现在就离开，继续赶你的路。要知道，这里住着一只长了三个头的山怪。”

“我不在乎，”少年说，“就算他再多四个头也一样，我很乐意瞧一瞧，那到底是个什么样的家伙。要说离开么，我是

不会离开的。我也不会伤害你。不过你得拿些肉给我吃，我快饿死了。”

等到哈尔沃终于吃饱，公主让他试一试，看能不能挥得动墙上挂着的长剑。不行，他根本挥不动，事实上，他连拿都拿不起来。

“噢！”公主说，“看来你得先把挂在剑旁边的那个长颈瓶拿下来，喝上一大口。山怪每次要带剑出门之前，都是这么做的。”

哈尔沃依言喝了一大口。不过一眨眼的工夫，他就能毫不费力地挥舞那把长剑了。现在，他恨不得山怪马上出现。就在这时，呀！门外传来了山怪呼哧呼哧的喘气声。哈尔沃立刻跳到门后，藏了起来。

“嚯呀呀，”山怪的脑袋刚伸进房门，就说，“好一股人的鲜血味道！”

“没错，”哈尔沃说，“你马上就会知道，你将为此付出什么样的代价了。”一边说，他一边手起剑落，将山怪的三个头齐刷刷地砍了下来。

公主自由了，她高兴得又唱又跳。不过，她立刻想起了自己的姐妹们。于是，她说：

“要是我的姐妹们也能获得自由，该多好啊！”

“她们在哪儿？”哈尔沃问。

公主将事情对他和盘托出：她有两个姐妹，一个被一只山怪掳到了距此五十英里外的城堡，另一个被另一只山怪掳到了再往前五十英里外的城堡里。

“不过，”她说，“现在你得先帮我把这具恶心的尸体弄出去。”

没问题，哈尔沃有的是力气，什么都搬得动。没花多少工夫，他就把房间重新收拾得干干净净。他们度过了一个愉快的夜晚。第二天清早，天刚破晓，哈尔沃就出发了，整整一个白天，他连跑带走的，片刻也不曾休息。当那座城堡终于映入他的眼帘时，哈尔沃不由得有些心惊——它比前一座还要大，而且，也同样不见一个活物。哈尔沃穿过厨房，没有停步，径直往里走了进去。

“不，不！”公主叫道，“怎么会有人敢来这里？我到这个地方已经不知道多久了，还从没见过一个人。你还是看一看，要怎么尽快离开这里的好。要知道，这里住着一只山怪，他有六个头。”

“我不走。”哈尔沃说，“就算他再多六个头也一样。”

“他会把你抓起来，一口就生吞下肚。”公主说。

可是没用，哈尔沃不肯走。他一点儿也不怕山怪，倒是非得先吃点肉、喝点东西不可，走了这么远的路，他饿得半死。这没问题，他想吃多少就有多少。不过，吃完后，公主旧话重提，请求他离开。

“不，”哈尔沃说，“我不走。我不会害人，可也什么都不怕。”

“他可不会有耐心问这个。”公主说，“他要是想抓你，什么法律条令都没用。不过，既然你不肯走，那就去试一下那边那把剑，看你能不能挥得动，那是山怪打仗用的。”

他挥不动。于是，公主说，他必须先喝一大口长颈瓶里的东西，瓶子就挂在剑的旁边。哈尔沃照做了，果然，挥动长剑不再是问题。

就在这时，山怪回来了，他长得既魁梧又粗壮，只能侧过身子挤进门来。第一个脑袋刚探进门，山怪就叫了起来：

“嚯呀呀！好一股人的鲜血味道！”

与此同时，哈尔沃已经举起长剑，砍掉了它的第一个脑袋。接下来，一个个伸进来的脑袋都得到了同样的待遇。公主大喜过望，只是转眼间便想起了她的姐妹，无比期望她们全都能获得自由。哈尔沃觉得这太简单了，恨不得立刻出发。可是，他得先帮助公主把山怪的尸体从门口挪开，只好等到第二天清晨再出发。

下一座城堡离得很远，他不得不努力快走、拼命快跑，才勉强能及时赶到。不过，当夜幕降临时，他看到城堡了。它比前两座城堡都巍峨得多，壮观得多。

这一次，他一点儿也不害怕，径直穿过厨房，走进城堡。城堡里坐着一位公主，她是那么美，周身散发着无尽的魅力。

和其他两位公主一样，她也告诉哈尔沃，自从来到这里，她就再也没有见过任何人。她也劝他赶快离开，否则山怪会把他生吞下肚。“你知道吗？”她说，“他有九个头。”

“行了，行了。”哈尔沃说，“就算它再多九个头，九个旁边再多九个头，我也不会走。”他站在壁炉前，一步也不曾挪动。公主坚持劝他离开，真心诚意地，几乎算是在恳求他了。她一再说，山怪会把他囫囵吞掉的。可哈尔沃却回答：

“它想来的话，就让它试试看吧。”

于是，公主把山怪的剑交给他，要求他先喝一大口长颈瓶里的东西，这样，他就能挥舞得动这把长剑了。

正在这时，山怪呼哧呼哧地狂奔而至。它比前两只大得多，也壮实得多，当然，也只能侧着身子进门。就这样，他的第一颗头进来了，同前两只山怪一样，他说：

“嚯呀呀！好一股人的鲜血味道啊！”

不等话音落地，哈尔沃便挥剑砍掉了它的第一颗头，接着，是剩下的每一颗头颅，只不过最后一颗特别硬，哪怕哈尔沃明知道自己已经足够强壮，可为了把它砍掉，也不得不费尽了功夫。

终于，三位公主相聚在了这座城堡——它的名字，唤作“索里亚·莫利亚城堡”。公主们这辈子都没有这样高兴过。她们三个都很喜欢哈尔沃，哈尔沃也喜欢她们。现在，他可以在三姐妹之中选择自己最喜爱的那一位，迎娶为新娘——但其中最喜欢他的，还要数最小的公主。

然而，过了不久，哈尔沃就变得奇怪起来，成日里闷闷不乐，沉默寡言，只是到处走来走去。公主们忍不住问他，是还缺少什么吗，还是说，他已经不想再和她们一起生活了？是的，的确少了点儿什么。和她们在一起，他衣食无忧，生活得很悠闲，照理说，什么也不缺。可不知怎么的，他开始想家了，牵肠挂肚地思念着自己的父母。要知道，他们还在世呢，他太想见见他们了。

哦，她们觉得这事儿不难。

“只要记住我们的嘱咐，你就可以平平安安地回去，再顺顺当当地回来。”公主们说。

好，他一定会记住她们的话。于是，三位公主把哈尔沃打扮得漂漂亮亮，像国王的儿子一般尊贵，又在他的手指上套上一枚戒指。这是一枚有魔力的戒指，有了它，哈尔沃就可以随心所欲，想到哪儿就到哪儿。不过，她们也告诫他，绝对不能把戒指取下来，也不能向外人提起她们的名字，否则，他的勇士生涯就会立刻结束，从此再也见不到她们。

“只要能回到家里，哪怕只站上一会儿，我也很高兴。”哈尔沃说。念头一闪，他的心愿立刻成真了。直到站在父亲的小屋门前，哈尔沃都还没能回过神来。这时，天色已经擦黑，看到这样一位尊贵的人物走进门来，老夫妻俩吓得又是鞠躬又是行礼。

哈尔沃问，他能够在这里借宿，过上一夜吗？

不，不行。

“我们实在是办不到。”他们说，“我们没有任何能给您这样尊贵的阁下使用的东西。阁下您最好还是往山上再走走，到农场去，那里没多远，您从这里就能看到他们的烟囱，那里什么都有。”

哈尔沃不理会这些，他想留下来。可老夫妻坚持他们的回答，说他还是去农场更好，那里有酒有肉，而他们自己，就连一把能给他坐的椅子都拿不出来。

“不必了。”哈尔沃说，“我明天上午再去那里，你们只要答应让我今晚留在这里就行。大不了，我就坐在炉子边的角落里。”

好吧，既然如此，他们也无法再反对了。就这样，哈尔沃在炉子边坐了下来，开始在煤灰里翻来掏去，舒展开他的懒骨头，一如从前赖在家里不出门时那样。

他们聊着天，说起了许多事情。老夫妻俩一会儿跟哈尔沃说说这个，一会儿又谈谈那个。到最后，哈尔沃问他们，是否从来没有过孩子。

不，不是的，他们有过一个男孩，名叫哈尔沃，可他们不知道他跑到哪里去了，甚至不知道，他如今是死是活。

“嘿，看看，那不就是我吗？”哈尔沃说。

“让我看看。我很了解我们自己的儿子。”老妇人一边说着，一边站起身来，“我们的哈尔沃实在是又懒又笨，从来就没做成过哪怕一件事。再说了，他邋遢得很，身上永远是一块破布罩着另一块破布。不。他绝对不可能变成您这样了不起的人，阁下。”

过了一会儿，老妇人上前来，打算把火拨旺一点儿。火光映亮了哈尔沃的脸，和当初他在家时坐在火边拨弄炉灰的情形一模一样。这一下，老妇人认出来了。

“啊！是你，对吗，哈尔沃？”她叫了起来。这真是天大的喜事，老夫妻俩高兴得不知如何是好。哈尔沃不得不把自己的经历从头道来。老妈妈是那样爱他，那样为他骄傲。不行，他非得立刻去一趟农场不可，以前，那些姑娘们全都瞧不起他，现在是时候让她们瞧一瞧了。

老妈妈打头先走，哈尔沃紧随其后。来到农场后，老妈妈迫不及待地宣布，哈尔沃回家了，姑娘们都该看看，如今他是多么高贵。她说：“他看起来完全就是个国王的儿子。”

“那可真是了不起啊。”姑娘们摇晃着她们的脑袋，说，“我们敢打赌，他铁定还是那个邋里邋遢的小乞丐，跟从前没什么区别。”

就在这时，哈尔沃走了进来。姑娘们吃惊极了，把炉子边的衬衣忘得干干净净——她们原本正坐在那里补衬衣——套着罩衫就冲出门去。当她们重新走进门来时，全都羞怯得不敢抬头看哈尔沃，想一想过去，她们在他面前是多么趾高气昂啊。

“是啊，是啊。”哈尔沃说，“你们总觉得自己漂亮得很，干净得很，没人肯靠近我。可如今呢，你们真该看看我解救的那位大公主，在她面前，你们就是挤奶女工。二公主就更漂亮了。而小公主，她是我的爱人，她比太阳和月亮还要耀眼。上帝保佑，要是她们在这里的话，你们就能多少有那么点儿自知之明了。”

话还没说完，公主们就站在了他的面前。可哈尔沃却立刻大为懊恼，因为，公主们的叮咛突然在他的脑海中响了起来。

此刻，在山上的农场里，为了迎接公主们的到来，一场盛大的宴会已经准备好了，宴会也必将因她们而生色。可公主们却不肯留下来。

“不，我们想下山去见你的父亲和母亲。”她们对哈尔沃说，“所以我们现在就得出发了，顺便自己走一走，看一看。”

哈尔沃和公主们一起朝山下走去。农场外就有一个大湖，湖边的绿堤别提有多美了。公主们说，她们想在岸边坐坐，休息一会儿，她们觉得，坐在那里看看湖水，一定是非常甜蜜的享受。

于是，他们在岸边坐了下来。过了一会儿，小公主说：“我来帮你梳梳头吧，哈尔沃。”

哈尔沃躺下来，头枕在她的腿上。公主梳理着他漂亮的头发。不一会儿，哈尔沃就睡熟了。见状，公主摘下他手上的戒指，换上另外一枚，然后说：

“来，都抱紧我！我们回索里亚·莫利亚城堡去。”

当哈尔沃醒来时，立刻明白，自己失去了公主们，他不禁哭泣起来。他难过极了，谁也没法安慰他。无论父母怎么说，他都不肯继续留在家里，而是坚持要告别他们，还说，他再也不会回来了。因为，如果找不到公主们，他活着也就没什么意思了。

如今，他的口袋里还剩下六十镑，揣上这些钱，他就上路了。徒步走了一阵子后，他遇到一个牵马的男人，马收拾得整整齐齐的。哈尔沃想把马买下来，于是开口和男人商量价钱。

“哎，”那男人说，“老实说吧，我从来没想过要卖掉它。不过，要是我们能成交的话，也许——”

“你想要什么价？”哈尔沃问。

“我买它没花多少钱，它也值不了多少钱。论骑马的话，这是匹好马，很勇敢，可它完全拉不动货。不过，要是你骑一段，然后下来自己走一段，只让它驮行李，那它还是驮得动的。”男人说。

最后，他们谈妥了价钱。哈尔沃把背包放在马背上，这样，他可以走一段路，骑一段马，轮换着来。当天晚上，他来到一片草原，草地上长着一棵大树。他在树根上坐下，放开马，自己却没有躺下睡觉，只是打开背包，吃了些东西。第一

道曙光刚刚出现，他便出发了，因为他根本无法安心休息。

就这样，他骑一阵子马，走一段路，走一段路，骑一阵子马，整整一天，都在广袤的森林里穿行。林间有那么多绿地和空地，阳光是那么明媚宜人，而他根本不知道自己在哪里，也不知道要往哪里去。可他却一刻也不肯停歇，只是偶尔找一片绿地，让马儿吃几口草，自己趁机从背包里掏出点东西来塞上一口。他一路向前，有时候走路，有时候骑马，可深林茫茫，仿佛无际无涯一般。

终于，当第二天的黄昏降临时，他看到远远的树影间有灯光若隐若现。

“看来是有人家了。”哈尔沃想，“那我就可以去暖和一下，找点儿吃的，暂时保住这条小命了。”

一直走到跟前，他才发现，灯光是从一座破败的小木屋里透出来的。隔着窗户，能看到屋里坐着一对老迈不堪的夫妻。两人都是满头白发，仿佛一对白鸽。还有那老妇人，她长着一个怎样的鼻子啊！哎呀，那鼻子真是太长了，老妇人就坐在火炉边，正拿她的鼻子当拨火棍在拨火。

“晚上好。”哈尔沃说。

“晚上好。”老妇人说。

“可你到这里来能有什么事？”她接着说，“好几百年了，还从来没有人来过。”

哈尔沃讲述了自己的遭遇，说他是多么想找到索里亚·莫利亚城堡。他也顺便向老妇人打听，问她是否知道该怎么走。

“不。”老妇人说，“我不知道。不过你看，过会儿月亮就来了，我可以问问她，她一定什么都知道。毕竟，她能照到天下所有的地方，不是吗？”

当月亮挂上天空，将树梢照得纤毫毕现时，老妇人走出了门去。

“嘿，月亮，月亮，”她叫道，“你能告诉我去索里亚·莫利亚城堡的路吗？”

“不行。”月亮说，“我不知道。上一次照到那儿的时候，我被云遮住了。”

“再多等一下。”老妇人对哈尔沃说，“过一会儿西风就要来了，他肯定知道。毕竟，他总是要吹遍世上每一个角落的。”

“不对，不对。”第二次出门时，老妇人说，“你没说过你还有一匹马。把那可怜的小东西松开，放到我们的‘屯儿’里去，别让它站在门边活活饿死。”

紧接着，她又说：

“不过，你为什么不把它换给我呢？我们有一双旧靴子，穿上它，你一步就能迈出二十英里。把马给我，你就能拿走靴子，这样你也能早一点儿到索里亚·莫利亚城堡。”

哈尔沃非常乐意，二话不说，便同意了。得到了马儿，老妇人也很高兴，差一点儿就快活得跳起舞来。

“从今往后，”她说，“我就可以骑马上教堂了。我想了很久了。”

至于哈尔沃，他一刻也待不住，恨不得马上出发，可老妇人叫他别着急。

“去，躺在长凳上睡一会儿，我们没有床可以给你睡了。我帮你看着，西风一来就叫醒你。”

过了不久，西风来了。他咆哮着，把墙吹得摇摇晃晃，吱嘎作响。

老妇人跑出门去。

“嘿，西风，西风！你能告诉我去索里亚·莫利亚城堡的路吗？这里有个人想去。”

“可以，那个地方我很熟。”西风说，“我正要去那里，帮他们吹干婚礼要用的衣服。如果他走路快的话，可以跟我一起去。”

哈尔沃跑出门来。

“想跟上我的话，你可不能停。”西风说。

就这样，西风出发了，穿过田野、树篱，越过丘陵、山岗，哈尔沃用尽全力奔跑，紧紧跟着它。

“好了，”西风说，“现在，我没时间再陪你走下去了，我得往那边去，先吹倒一排云杉，再去洗衣场吹干衣服。不过，你只要沿着这片山坡走下去，就能看到一群正在洗衣服的姑娘，到了那里，离索里亚·莫利亚城堡就不远了。”

很快，哈尔沃就遇到了洗衣服的姑娘们。她们问他，有没有看到西风，它应该要来帮她们吹干婚礼用的衣服了。

“是的，是的，我看到了。”哈尔沃说，“它刚离开，要先去吹倒一排云杉。要不了多久，就会到这里了。”随后，他向她们打听，到索里亚·莫利亚城堡该怎么走。

姑娘们给他指的路是对的。当他抵达时，城堡里已经挤满了人和马匹，多得叫人眼花缭乱。可哈尔沃跟着西风狂奔了一路，又是钻树丛、穿荆棘，又是跨沼泽、过河流的，浑身上下早已破破烂烂、狼狈不堪。无奈，他只得躲在一边不露面，直到婚礼的前一天。

到那时，依照惯例，所有人都要举杯为新娘和新郎祝酒，祝愿他们身体健康、生活顺遂。然后，斟酒人上场，为所有人重新斟满酒，新娘和新郎，骑士和侍从，最后，轮到哈尔沃。他为他们的健康而干杯，却趁机让戒指滑落在酒杯里，再请斟酒人前去向新娘致意，将杯子交给她。那枚戒指，正是他在湖边睡着时，小公主为他戴在手指上的。

公主立刻从座位上站了起来。

“谁才最有资格拥有我们姐妹中的一个？”她问道，“是解救我们的人，还是坐在我身边的这位新郎？”

噢，对于这个问题，所有人众口一词，都认为答案毋庸置疑。听到这里，哈尔沃一把甩去自己的破衣烂衫，换上新郎的装束。

“好了，好了，真正的新郎终于来了。”看到他，小公主立刻宣布。就这样，她把另一个新郎从窗口扔了出去，同哈尔沃举行了婚礼。

THE GIANT WHO HAD NO HEART IN HIS BODY

没有心的巨人

从前，有一位国王，他有七个儿子。国王非常爱他们，一刻也不能忍受没有儿子陪伴的日子——至少要有一个陪在自己身边。

如今，孩子们都长大了，六个哥哥就要出门去寻找他们的新娘了。至于小儿子，则被父亲留在了家里，他的哥哥们会为他带一位公主回来的。国王为六个儿子精心准备了最好的服饰，从来没有人曾见过那样华美的衣服，件件华彩灿然，光芒闪耀。除此之外，每人还有一匹骏马，这可要花不少钱，足有好几百镑。

一切就绪，六兄弟出发了。他们走过了许多宫殿，见过了许多公主，最后，来到一位国王的王宫。这位国王有六个女儿，每一个都拥有他们前所未见的美貌。六兄弟立刻深深坠入了爱河——刚好，每人爱上一位公主。终于找到了爱人，他们准备回家了。至于还要为他们留在家中的弟弟布茨寻找爱人这件事，六兄弟全都忘得干干净净，他们的整副身心都沉浸在了

六位王子长大后，要出门去寻找新娘了。国王为六个儿子精心准备了最华美的服饰，每人还有一匹骏马。一切就绪，六兄弟出发了。

自己的爱情里。

回程走过大半时，他们经过了一处高墙般耸立的山坡。山坡背后是一个巨人的家。巨人刚巧出门，一眼看到他们，二话不说，便将整队人马都变成了石头——王子、公主，所有的一切。此时，国王还在家等待他的六个儿子归来，他等啊，等啊，可等得越久，他们就越是音讯全无。国王难过极了，宣称自己再也感受不到快乐的滋味了。

“要不是还有你，”他对布茨说，“我就活不下去了。失去你的兄弟们，这真是太叫我伤心了。”

“噢，可我正想请求您的允许，好让我能出发去把他们找回来。我现在只想做这一件事。”布茨说。

“不，不！”他的父亲说，“你绝对不能离开，不然你也回不来了。”

可布茨已经下定了决心，他要去。他不断地苦苦恳求，最后，国王不得不同意了。现在，你一定想得到，六兄弟和他们的随从骑走了那么多骏马，国王再没有好马可以提供给布茨了，唯一剩下的，只是一匹体衰力弱的老马。可布茨一点儿都不在意，翻身骑上他那匹可怜的老马。

“再见，父亲。”他说，“我会回来的，别担心，我会把六个哥哥一起带回来。”说完，他便出发了。

不久，布茨遇到了一只大乌鸦。它躺在路中间，扑扇着翅膀，却怎么也飞不起来。它太饿了。

“噢，亲爱的朋友，”乌鸦说，“请给我一点儿吃的吧，到你最需要我的时候，我会回报你的。”

“我没带多少吃的。”王子说，“再说了，我也看不出你能帮上我多少忙。不过，我还是可以分给你一些。我看你的确是需要吃点儿东西了。”

王子从随身携带的食物里拿出一些，分给乌鸦。

随后，他继续往前，来到了一条小溪边。溪流中央，一条大鲑鱼不知怎么蹦上了一块干地，正扑腾着，怎么也无法回到水中。

“噢，亲爱的朋友，”鲑鱼对王子说，“请把我送回水里吧，到你最需要我的时候，我会回报你的。”

“噢！”王子说，“我猜你也给不了我多了不起的帮助，不过看你躺在那里，气都喘不上来，也真是太可怜了。”说着，他把鱼儿扔回了溪水中。

离开小溪后，他又走了很远很远。这一次，他遇到了一头狼，那狼饿得只能趴在地上，肚皮蹭着路面，一点儿一点儿地往前挪。

“亲爱的朋友，把你的马给我吧。”狼说，“我太饿了，连风都能从我的肋骨中间穿过去。我已经整整两年没吃过东西了。”

“不。”布茨说，“这不可能。一开始，我遇到一只大乌鸦，不得不把我的食物分给它。后来又调到一条鲑鱼，我帮它回到了水里。现在，你又要吃我的马。这不可能，不行。否则我就没有坐骑了。”

“不是这样的，亲爱的朋友，你可以帮助我。”“灰腿”，也就是那头狼，说，“你可以骑在我的背上，我会在你最需要的时候回报你。”

“噢！我能从你这里得到的帮助也没多少，我敢肯定。”王子说，“不过，既然你这么需要，就把我的马拿去吧。”

就这样，狼把老马给吃掉了。布茨捡起马嚼子，套在狼嘴上，又把马鞍放在狼背上。肚子里有了东西，狼立刻变得强壮起来，背上驮着王子也轻若无物一般。这一路走来，王子还从来没有跑得这么快过。

“再往前去一点儿，”“灰腿”说，“有一个巨人的家，到时候我指给你看。”

不久，他们到了。

“看，这就是巨人的家。”狼说，“还有这里，这些就是你的六个哥哥，全都被巨人变成了石头。这些是他们的六个新娘。那边就是巨人家的大门，你必须进去。”

“不，我不敢。”王子说，“他会要了我的命的。”

“不会！不会！”狼说，“你进去以后，会看到一位公主，她会告诉你该怎么做才能干掉巨人。你只要记住她的话，照做就行了。”

好吧！布茨走进门去。不过，说真的，他害怕极了。巨人果然不在，屋里只坐着一位公主，跟狼说的一模一样。布茨从没见过这样美丽的公主。

“噢！上帝保佑你！你从哪里来？”一见到他，公主就说，“你会丢掉性命的。没人能杀死这个巨人，他的身体里根本就没有心。”

“原来如此！”布茨说，“可我已经来了，好歹总要试一试，看能不能对付得了他。再说了，我还想把我的兄弟们解救出来，他们就在门外，都被变成了石头。还有你，我想救你。我想试一试。”

“哦，如果你已经下定决心，非这么做不可的话，那肯定能行。”公主说，“就让我们先看看，能不能制定个计划。你躲到那边的床底下去，留神听他和我说了什么。不过，上帝保佑，你可千万别出声，要安静得像只老鼠那样。”

王子爬到床下，刚躲好，巨人就进来了。

“哈！”巨人低吼道，“这屋子里好一股人的鲜血味道！”

“是啊，我知道。”公主说，“就在刚才，一只喜鹊叼来一根人骨头，扔进了烟囱里。我已经赶紧把它弄出去了，一分钟也没耽搁，可没办法，那味道没那么快散掉。”

巨人没再多说什么。天黑了，他们上床睡觉。躺了一会儿，公主说：

“有件事，我很想鼓起勇气问问你。”

“什么事？”巨人问。

“噢，我只是想知道，你的心既然不在身体里，那究竟是藏到哪儿去了？”公主问道。

“啊！这可不是你该问的。不过，既然你一定要知道，我就告诉你吧，在门槛下面。”巨人说。

“嚯！嚯！”布茨躺在床底下，暗暗想，“就看我们能不能把它找出来了，很快就知道了。”

第二天上午，巨人早早起床，迈开大步进林子里去了。他刚离开，布茨和公主就忙活着开始在门槛下寻找巨人的心。他们越挖越深，坑越挖越大，却什么也找不到。

“他把我们骗了。”公主说，“不过，我们可以再试一次。”

于是，她摘下所有能找到的最美的花，铺在门槛上——自然，门槛已经复位了。巨人回家的时间到了，布茨爬进床底下。他刚藏好，巨人就进门了。

嗅一嗅，再嗅一嗅，巨人的鼻子耸动着。“用我的眼睛和手脚发誓，这里好大一股人的鲜血味道啊！”他说。

“我知道。”公主说，“刚才飞过来一只喜鹊，叼着一根人骨头，它把骨头扔进了烟囱里。我赶忙把它弄出去了。我猜你闻到的就是这个。”

巨人平静下来，没再多说什么。过了一会儿，他问起，是谁在门槛处铺了那些花儿。

“噢，当然是我了。”公主说。

“那么，请告诉我，这是什么意思？”巨人说。

“啊！”公主说，“我太爱你了，现在，既然知道了你的心就在那下面，自然忍不住要采些鲜花来铺上去。”

“真的还是假的啊。”巨人说，“不过，其实我的心不在那里。”

当天夜里，上床后，公主又问起巨人的心究竟在哪儿，她说，她实在是太想知道了。

“好吧。”巨人说，“你一定要知道的话，它就在那边，靠墙的那个碗橱里。”

“是这样，是这样！”布茨和公主心想，“看我们回头就把它找出来。”

第二天清晨，巨人一大早就出门，迈着大步走进了森林。他刚离开，布茨和公主就翻箱倒柜地在碗橱里寻找他的心，可怎么找也找不到。

“算了。”公主说，“我们再问问他吧。”

她摘来鲜花，用花朵和花环将碗橱妆点起来。巨人回家的时间到了，布茨钻回了床底下。

下一刻，巨人便进了门。

嗅一嗅——再嗅一嗅！“用我的眼睛和手脚发誓，这里真是好大一股人的鲜血味道！”

“我知道。”公主说，“就在刚才，一只喜鹊叼着一根人骨头飞过来，还把骨头丢进了烟囱里。我一刻也没有耽搁，千辛万苦地把它掏出来，扔到屋子外面去了。我尽力了。可我猜，你闻到的就是这个味道。”

听完，巨人便没再多说什么。过了一会儿，他看到碗橱上满是鲜花和花环，便问是谁做了这些事。除了公主，还有谁呢？

“那么，请告诉我，这种蠢事有什么含义呢？”

“噢，我太爱你了，一听说你的心在那里，就忍不住要这么做。”公主说。

“你怎么这么笨，这都相信？”巨人说。

“哦，是啊。可是你都这么说了，我又怎么能不相信呢？”公主说。

“你还真是个笨蛋。”巨人说，“那个藏着我心脏的地方，你是不可能到得了的。”

“好吧。”公主说，“不过，不管怎么说，只要知道它在哪里，就够让我高兴的了。”

话说到这个份儿上，可怜的巨人也没办法再坚持保密了，只得说：

“那是个很远很远的地方，那里有个湖，湖中有个小岛，岛上有座教堂，教堂里有一口井，井里有只鸭子在游水，鸭子肚子里有一颗蛋，我的心就在那颗蛋里——我亲爱的！”

一大早，天刚蒙蒙亮，巨人便大步出门，进林子里去了。

“太好了！既然已经知道了地点，”布茨说，“我这就得赶紧出发了。”他依依不舍地与公主告别，花了好长时间，才终于迈出巨人家的大门。门外，狼正等着他。布茨将事情一五一十地告诉狼，说，如果它认识路的话，他希望现在就能赶到教堂。

狼让他跳到自己背上，很快便找准了方向。他们一路飞奔，掠过篱笆与田野，翻过高山与谷地，就连风，也只能飕飕地在他们身后追赶。就这样跑了许多许多天，他们终于来到了湖边。

看着水面，王子却束手无策了，他不知道要怎样才能渡过去。可狼却只是叮嘱他坐稳了，不要害怕，接着就一跃跳进湖里，驮着王子，朝小岛游去。就这样，他们来到了教堂门口。却不料，教堂的钥匙挂在高耸入云的塔尖上，一时之间，王子想不出要怎样才能把它们取下来。

“你该召唤乌鸦了。”狼说。

巨人没办法再坚持保密，只得告诉公主说：“那是个很远的地方，那里有个湖，湖中有个小岛，岛上有座教堂，教堂里有一口井，井里有只鸭子在游水，鸭子肚子里有一颗蛋，我的心就在那颗蛋里。”

王子依言开始召唤乌鸦，不过一眨眼的工夫，乌鸦到了。它飞上半空，取下了钥匙。王子走进教堂，来到水井边。果然，和巨人说的一样，一只鸭子正在里面游来游去。王子停下脚步，开始诱哄鸭子，最后，终于把它引了过来，一把抓在手里，拎了起来。可就在鸭子离开水面的一刹那，蛋跌进了井里。布茨气急败坏，不知该如何是好。

“好吧，现在你必须召唤鲑鱼了。”狼说。国王的小儿子开始召唤鲑鱼。鲑鱼来了，从井底捞出了蛋。

接着，狼便叫他用力捏那颗蛋。他一捏，巨人便立刻哀号起来。

“再捏。”狼说。王子照做了。巨人叫得越发可怜。他痛哭着，苦苦哀求王子放过自己。他说，王子想要他做什么都行，只要不把他的心捏成两半。

“告诉它，只要让你的六个哥哥和他们的新娘都活过来，你就放过他。当初，就是他把他们变成石头的。”狼说。当然，巨人立刻照做，六兄弟重新变回了国王的儿子，他们的新娘也变回了国王的女儿。

“现在，把蛋捏成两半。”狼说。布茨一把将蛋捏碎，巨人随之爆开，烟消云散。

巨人被终结了。布茨骑上狼，回到巨人的家。在那里，他的六个哥哥，带着他们的新娘，正满心欢喜地等待着他。所有人都活过来了。不过，布茨还有一件事，他走进山腹，找到了自己的新娘。

该回家了。七兄弟动身朝着父亲的家走去。你一定能想象得到，看到七个儿子一个不少地出现在面前，老国王有多高兴啊，更别说，他们每个人都带回了自己的新娘！

布茨依依不舍地与公主告别，花了好长时间，才终于迈出巨人家的大门。门外，狼正等着他。他们一路飞奔，掠过篱笆与田野，翻过高山与谷地，就连风，也只能飕飕地在他们身后追赶。

“不过，最美丽的新娘，还得数布茨的。”老国王说，“他应该坐在上座，新娘坐在他身边。”

很快，国王下达命令，举办了一场无比盛大的婚礼，欢笑声轰然喧天，持续不绝。你猜怎么样？说不定，喜筵到现在都没有结束，他们都还在那儿呢。

THE PRINCESS ON THE GLASS HILL

玻璃山上的公主

从前，有个人在高山上拥有一片草场。他在草场上建了一座谷仓，用来堆放干草。可我要告诉你们的是，连着两年了，那谷仓里什么都没有。因为，每一年的圣约翰节前夜*，正当草色最绿、长得最高的时候，整片草场就会在一夜之间被啃成光秃秃的荒地，就像是有一群巨大的绵羊跑到这里来，连夜吃光了所有的草似的。

这样的事情发生了一次，接着又发生了第二次。最后，草场主人厌倦了一而再、再而三的一无所获，便对他的儿子们说，这一次的圣约翰节前夜，他们兄弟里得出一个人，到山上的谷仓里过夜。要是这样都还和前两年一样，他的草再被吃得干干净净，连草叶带草根，什么都不剩的话，那这玩笑可就太离谱了。

---

* 圣约翰节前夜即每年6月23日，次日即圣约翰节，也称施洗者圣约翰节，是较少有的纪念生辰而非忌日的宗教节日。由于与北半球的夏至日重合，在某些国家，圣约翰节与仲夏节是同一天。

他有三个儿子，最小的一个，理所当然，被大家唤作擦鞋仔“布茨”。总之，不管是哪一个去，都一定要擦亮眼睛，盯紧了——这是父亲交待的。

没问题，大儿子已经做好了准备，要去看守草场——相信他，一定能把草照看好的！如果有一片草叶被吃掉，那一定是因为有什么人或野兽，甚至恶魔本身出现，绝不会是他的疏忽。就这样，黄昏来临时，他出发了。

大儿子走进谷仓，躺下准备睡上一觉。可入夜后不久，一阵“嘁里咔嚓”的声响传来，地震了，墙壁和屋顶摇晃着，呻吟着，“嘎吱嘎吱”直响。那是怎样可怕的动静啊！那年轻人一下子跳起来，掉头就跑，能跑多快就跑多快，一直跑回了家，中途甚至没敢回头看上一眼。至于草嘛，自然，和前两年一样，被啃得干干净净。

第二年的圣约翰节前夜，父亲又说了，绝不能再这样一年又一年地一无所获，丢失所有的草了。所以，他的儿子中必须有一个人去守着草场，看好它。没问题，二儿子准备好了，要去试试他的运气。

时间一到，他便出发了。他来到谷仓，躺下准备睡觉，就像他哥哥曾经做过的那样。可是，当夜色渐渐深沉时，一阵“隆隆”声传来，大地开始颤抖，比上一个圣约翰节前夜更加厉害。那年轻人被这动静吓坏了，掉头就跑，就像在参加跑步比赛一样。

接下来的这一年，轮到擦鞋仔布茨了。做准备时，两位哥哥对他大肆嘲笑，不断地戏弄他，说：

“你当然就是那个命中注定能看住草的人，没错，就是你——你这种人，什么都干不了，一辈子只会窝在煤灰里，偎

着炉子烤火。”

可布茨根本不理会他们的唠叨，天色刚暗下来，他便“蹬蹬蹬”地迈着大步，出门上山去了。到了草场，布茨走进谷仓，躺下来。过了大约一个小时，谷仓开始“吱吱嘎嘎”地呻吟起来，听上去可怕极了。

“唔，”布茨心想，“只要不比这更糟糕，我看没什么大问题。”

不一会儿，又一阵地震和“吱嘎”声传来，谷仓里杂物乱飞，擦着那年轻人的耳边来来去去。“噢！”布茨琢磨着，“如果就只是这样的话，我看我还能坚持一会儿。”

就在这时，隆隆声第三次响起，第三场地震开始了。年轻人觉得，墙壁和屋顶都要撑不住了，似乎下一刻就要砸到他的脑袋上。可突然间，一切都停了下来，周遭一片死寂。

“还会来的，我打赌。”布茨想。可是，并没有，没有什么再来。一切都很平静，始终很平静。只是，就在他再次躺下后不久，一阵响声传到了布茨耳边，听起来，像是有匹马正站在谷仓门外吃草一样。

他悄悄爬到门边，凑到一条细缝边，朝外看去。远处果然有一匹马，正在吃草。布茨从没见过那样高大、肥壮，那样威风凛凛的马。在它身旁的草地上，放着马鞍、辔头和整套的骑士铠甲，全都用黄铜打造而成，亮闪闪地发着光。

“嚯，嚯！”年轻人想，“就是你啊，你就是那个把我们的草统统吃光的家伙？我这就来收拾你，瞧着吧，看我做不做得到。”

他毫不犹豫，从随身的火绒盒子里取出打火棒*，对准马儿扔了过去。转眼间，马就动不了了，服服帖帖的，任凭年轻人想怎样就怎样。年轻人翻身上马，把它带到一个谁也不知道的地方，安置下来。

他回到家里，两个哥哥大笑着问他：这一夜过得怎么样？

“就算你有胆子走到地里，也不可能在谷仓里待得住。”

“哦，”布茨说，“我只能说，我在谷仓里一直睡到太阳爬上天空，什么也没看到，什么也没听到。真不知道那谷仓里有什么，能让你们俩怕成这副模样。”

“故事编得不错。”他的哥哥们说，“不过，我们马上就能知道真相了，就看看你把草场守得怎么样吧。”说完，两个哥哥便起身走出门去。当他们到达草场时，只见到草长得又高

---

* 火绒盒子通常由木头或金属制成，用于收纳打火棒、燧石和火绒等引火物。打火棒是一种含碳的金属棒，与打火石敲击可产生火花，从而点火。

又密，和头一天一模一样。

就这样，下一个圣约翰节前夜时，同样的故事再次上演。两个哥哥都不敢去野地里看守草场。只有擦鞋仔布茨敢去。接下来发生的事，和前一年如出一辙。一开始，是一阵“喊里咔嚓”声和一场地震；接着，是更大的声响和另一场地震；然后是第三次。只是，这一年的地震比前一年还要强烈得多。

最后，突然间，一切都安静了，一片死寂。很快，那年轻人听到谷仓门外响起动物吃草的动静，他偷偷爬到门边，透过门缝朝外看。

你猜他看到了什么？嘿，就在墙边，一匹马正站在那里，全神贯注地大吃大嚼着。它比头一年那匹还要漂亮得多，肥壮得多，它的背上架着马鞍，脖子上套着辔头，身边放着全套的骑士铠甲，纯银的，威武华贵得足以满足你所有的想象。

“嚯，嚯！”布茨暗暗嘀咕，“就是你吃光了我们的草，是吧？看我这就来收拾你。”一边想，他一边抽出火绒盒子里的打火棒，扔到马背上。银装大马立刻安静下来，温驯得仿佛小羊羔一样。和头一年一样，年轻人骑上马，把它带到安置前一匹马的地方藏好，然后才回到家中。

“我猜，你会告诉我们，”一个哥哥说，“今年的草也好得很，还长在草场上。”

“没错，就是这样。”布茨说。其他人都动身去查看，果然，草还长得好好的，又高又密，和去年一样。不过，就算是这样，他们也没对布茨说上哪怕一句好话。

转眼，第三个圣约翰节前夜又到了。两个哥哥依旧没有胆量到谷仓去住上一夜，看守草场。要知道，之前那一晚的经历，实在是把他们的魂都吓掉了。可布茨敢去。长话短说，事情的发展和前两次一样，来了三场地震，一场接着一场，每次都比前一次更强烈，到最后一次时，这年轻人不得不在谷仓里跳来跳去，一会儿跳到这面墙上，一会儿闪到那面墙上。

最后，突然之间，一切归于死寂。他躺了一会儿，很快便听到谷仓外响起草茎被扯断的声音。和之前一样，他悄悄爬起来，透过门缝往外看，就在外面，站着一匹马，远比他之前驯服的那两匹还要大得多，肥壮得多。

“嚯，嚯！”年轻人暗自想，“就是你了，你这个家伙，跑到这里来吃光了我们的草，对吧？看我怎么终止这一切，看我怎么收拾你。”布茨拿起打火棒，一下子扔到马颈上。转眼间，它便站住不动了，好像被钉在地上一样，任由布茨处置。

布茨骑上马，来到安置前两匹马的地方，把它藏好，这才转身回家。到家后，两个哥哥依旧像从前一样，拿他打趣取乐，说他们知道，他一定把草场照看得好好的，毕竟，他是个做着梦都能周游天下，照看好全世界的人啊。他们还说了许多话，都没什么好意，可布茨根本不理会，只是让他们自己去看。当他们来到草场时，草依然漂漂亮亮的，长得又深又密，和前两次一样。

说到这里，你一定已经猜到了，这个国家的国王有个女儿。国王宣布，只有能够骑马翻越玻璃山的勇士，才有资格赢得公主。那是一座很高很高的山，通体都是玻璃的，光亮滑溜得像冰一样，就在国王的宫殿旁。届时，国王的女儿将坐在山巅，腿上放着三个金苹果，任何人只要能策马登上山巅，取走三个金苹果，就能得到半个王国，并娶公主为妻。

国王将这份告示贴在了国内每一座教堂的大门上，还发到了其他的许多王国。要知道，公主美丽极了，无论什么人，无论愿意还是不愿意，一见之下便必然免不了为之倾心。所以，也用不着我告诉你，有多少王子和骑士仰慕她的美名，他们都是如何渴望能够赢得她做自己的妻子，更别说还有半个王国了；而他们又是如何骑着高头大马，穿上最华丽的衣服，从世界各地赶来这里。要知道，所有这些人中，每个人都认定自己——只有自己——将会赢得公主。

终于，国王早已定下的考验日到了，王子和骑士们济济一堂，聚集在玻璃山下。单是他们就够叫人头晕眼花的了，更有甚者，这个国家里所有的人，只要是还爬得动的，也都赶到了山边，他们急不可耐地想看看，究竟谁能够赢得公主。

和大家一样，布茨的两个哥哥也去了。至于布茨嘛，他们毫不客气地说，他可不能跟他们一起出现在人前。因为，要是看到这么个脏兮兮的丑家伙，别人会连他们一起嘲笑的——虽说他之所以这么脏，全都是因为要帮他们擦鞋子，还要在灰坑里筛煤渣。

“很好。”布茨说，“我无所谓。我可以自己去，好坏都是我自己的事。”

两兄弟到达玻璃山时，骑士和王子们正在拼命尝试，他们的马都累得吐起了白沫。可我不得不说，这些统统没有用。马蹄一踏上玻璃山，就会立刻滑下来，连一个能往上走出一两码*的人都没有。这也不奇怪，毕竟，这山壁光溜得活像一整块大玻璃，更陡峭得宛如直立的高墙。

就这样，他们踏上去，滑下来，滑下来，又踏上去，同样的情形一再上演。最后，所有的马都精疲力竭，腿都抬不起来

* 一码约合91厘米。

了。非比寻常的艰辛消弭了骑士们的激情，他们不得不放弃，不再尝试。国王开始考虑，是否要宣布，第二天再举行一场考验，也许，到时候他们的运气会好一些。

就在这时，一名骑士突然策马而至，他的马如此威武，没人曾在有生之年里见过这样的骏马。骑士身穿黄铜铠甲，马也戴着黄铜嚼子，从上到下都闪闪发亮，反射着阳光。人们七嘴八舌地朝他大喊，劝他省省力气，别白费功夫了，这山是爬不上去的。可他毫不理会，径直奔向玻璃山，如履平地般，一口气登上了三分之一高的山腰处。

然而，到了这里，他就拨转马头，下山去了。真是个迷人的骑士啊，公主想，她还从没见过这样的人。坐在山巅上，看着他骑马一路往上，公主暗暗祈祷：

“上帝保佑，愿他能上得来，还能顺顺当当从另一面翻下去。”

眼看他掉转马头，公主忍不住拿起一个金苹果扔向他。金苹果滚进了骑士的鞋子里。只不过，他一下到山脚就立刻打马离开，走得太快，没人知道究竟发生了什么。当天晚上，所有骑士和王子都被召集到国王面前——那位成功登上半山腰的骑士，现在可以把公主丢下的金苹果拿出来了。可是，所有人都两手空空。他们一个个轮流上前，却没人拿得出那枚金苹果。

天黑了，布茨的哥哥们也回到家中，关于登山考验，他们得有多少话可说啊。

“一开始，”他们说，“那么多人，就没一个能上得去的，一步都不行。可最后来了个家伙，穿着全套的铜铠甲，配着铜马鞍、铜辔头，从上到下亮闪闪的，把太阳光照出去足足有一英里远。他是个好骑手，天生的！他上到了玻璃山的三分之一，要是愿意的话，他完全可以轻轻松松地爬到山顶。可他掉头下山了，也许是觉得，第一次，到那么高就够了。”

“噢！我真想看看他，真该去看一看的。”布茨说，他坐在火边，双脚埋在煤渣里，和平时一样。

“噢！”他的哥哥们说，“你该去的，不是吗？你这模样，和那些高贵的大人们多配啊！你这肮脏的小畜生，就只配坐在灰堆里。”

第二天，两兄弟又要出门看热闹去了。这一次，布茨依旧恳求他们，带上他一起去，他也想看一看登山考验。可是，不，他们说，不管用什么作为交换，他们也绝对不会带上他的，他实在是太脏、太难看了。

“好，好！”布茨说，“回头真想去的话，我就自己去。我才不怕。”

当两兄弟到达玻璃山时，王子和骑士们早已开始了新一天的尝试。可想而知，他们都在马蹄上套了防滑的尖利蹄铁。可是依旧没有用。他们在玻璃山前，踏上去，滑下来，滑下来，又踏上去，一切都和前一天一样，没人能朝上走出哪怕一码。终于，他们的马耗尽了所有力气，一步都迈不动了，大家只好纷纷放弃这艰难的任务。

国王开始想，也许他应该宣布，明天还有最后一场考验，权当是再给他们一次机会。就在这时，一个念头闪过他的脑海：也许应该再等一会儿，看看那位穿铜铠甲的骑士今天会不会再来。然而，连他的影子都没看到。

终于，突然之间，一人一骑出现了，不是黄铜骑士，比起他来，这一次的马更是威武、神骏得多，而这位骑士全副白银铠甲，配着银马鞍、银辔头，阳光照在上面，光芒射出老远。

同样，所有人都冲他大叫，说，他还是省省力气的好，别试了，那全是白费工夫。可银甲骑士根本不理会他们，直接打马冲上了玻璃山，一路上到了三分之二的地方。

可就在那里，他掉转马头，回身下山了。说实话吧，比起穿黄铜铠甲的骑士，公主更喜欢他。她坐在那里，一心只盼着他能上到山顶，再从另一面顺顺当当地下去。不料却眼睁睁看着他转身下了山，公主不由得扔下了第二个苹果，苹果轱辘辘滚下山，滚进了骑士的鞋子里。只是，刚从玻璃山上下来，他就飞快地骑着马离开了，谁也不知道发生了什么。

晚上，所有人都要去觐见国王和公主——得到金苹果的人，这时候就可以拿出来了。王子和骑士们一个接着一个上前，可没有人拿得出金苹果。

至于两兄弟嘛，和前一天一样，他们回到家里，滔滔不绝地说起当时的情形如何如何，所有人是怎么样努力登山，却一个也上不去。

“不过，到最后，”他们说，“来了一个穿白银铠甲的家伙，他的马也配着银马鞍，戴着银嚼子。他真是天生的好骑手，爬上了山的三分之二，然后就下来了。他是个好小子，一点儿错都没出。公主把第二个金苹果丢给他了。”

第三天，一切都和前两天一样。布茨恳求一起去看看热闹，可两个哥哥不同意带上他。当两兄弟抵达玻璃山时，依旧没人能成功向山上走出哪怕一码。所有人都在等待银甲骑士出现，可他既无音讯，也不见影踪。

最后，到来的是一匹神威凛凛的骏马，那样雄壮威武，没人能说得出还有哪匹马能与它相提并论。马背上的骑士身穿全套黄金铠甲，马鞍和辔头也都是黄金的，金光闪耀，直把阳光映出去足足有一英里远。其他骑士和王子都被他的威武神气震慑住了，根本顾不上开口劝阻，叫他不要瞎碰运气。

就这样，金甲骑士径直上山，如履平地一般，公主甚至还来不及许愿，他就已经走完全程，踏上了山顶。只见这位金甲骑士伸手拿走了搁在公主膝上的第三个金苹果，旋即拨转马头，下山去了。回到山脚后，他立刻全速离开，眨眼间便消失在众人面前。

至于两兄弟，当他们晚上回到家中，你大概也想得到他们有多少话要说了：这一天的骑术考验如何如何，桩桩件件之中，最值得一说的，还是穿黄金铠甲的骑士。

“那就是个天生的好骑手！”他们说，“全世界都找不出第二个这样威武的骑士。”

“噢！”布茨说，“真希望我能见到他，真该去看看。”

“啊！”他的哥哥们说，“就你这肮脏下流的小畜生吗？就你这样整天在煤堆里扒拉的家伙？他的铠甲比那些煤烧着了还要亮得多。”

第二天，所有骑士和王子都汇聚到国王和公主面前——我猜，这是因为头一天时间已经太晚了——拿到金苹果的人，可以亮出来了。可人们一个一个走上前去，先是王子，再是骑士，依旧没有人能拿得出金苹果。

“可是，”国王说，“总是有人拿到了的，这是肯定的。毕竟，我们所有人都亲眼看见了，有位骑士，是怎样到来，怎样如履平地般地登上山顶。”

于是，国王发布命令，要求王国内所有男子都进宫觐见。他想看看，是否有人能拿得出金苹果。人们蜂拥而至，可谁也没有金苹果。过了很长时间，终于轮到布茨的两位哥哥了。他们是最后两个。见状，国王问他们，这个国家里是不是还有人没进宫。

“啊，有的。”他们说，“我们有个弟弟，不过他绝对不可能拥有金苹果。他这三天都在煤灰坑里打转呢。”

“没关系。”国王说，“他也可以进宫来，所有人都一样。”

就这样，布茨进宫了。

“那么，大声回答我，”国王说，“怎么样，你有金苹果吗？”

“是的，我有。”布茨说，“这是第一个，这是第二个，还有这个，是第三个。”他一边说，一边从口袋里依次掏出三个金苹果，然后，一把拽掉了他黑乎乎的破衣衫。此刻，昂首挺胸站在众人面前的，正是那一身闪亮黄金铠甲的骑士。

“好极了！”国王说，“你将得到我的女儿，还有我的半个王国。你完全配得上。”

婚礼很快准备妥当，布茨迎娶了公主，就连没能登上玻璃山的人也为他们欢喜不已。所以，你完全可以想象，整个婚礼是怎样一场举国尽欢的盛筵。我唯一能说的就是，说不定，那场狂欢从来就没有结束。所以，你猜怎么着，他们现在也还全都在那儿呢。

THE WIDOW'S SON

寡妇的儿子

从前，有一位非常非常穷的寡妇，她只有一个独生儿子。寡妇努力把孩子拉扯长大，直到他成年。然后，寡妇说，自己再也无法继续养活他了，他必须出门去，自己设法赚面包吃。年轻人离开了家，开始闯荡外面的世界。他走啊，走啊，差不多走了整整一天之后，遇到了一个奇怪的人。

“你去哪儿啊？”那人问。

“啊，我要到处转转，看能不能找个地方待下来。”年轻人说。

“那你愿意为我工作吗？”那人说。

“哦，愿意。对我来说，为谁工作都是一样的。”年轻人答道。

“很好，跟着我会是个好选择。”那人说，“因为，你只需要陪着我就行，其他什么也不用做。”

就这样，年轻人留在男人身边，衣食无忧，每天有酒有肉，还什么活儿都不用干。可是他从没在男人家里见到过其他活物。

寡妇的儿子离开了家，开始闯荡外面的世界。他差不多走了整整一天之后，遇到了一个奇怪的人。“你去哪儿啊？”那人问。“跟着我吧，年轻人。你只需要陪着我就行，其他什么也不用做。”

一天，男人说：“现在，我要出门八天，这段时间你得自己待在这里。不过，这里有四个房间，你绝对不能进去。否则，我一回来就要了你的命。”

“好的。”年轻人说，他保证不进去。可当男人离开三四天之后，年轻人实在按捺不住，推开了第一个房间的门。他站在房间里，环顾四周，却什么也看不见，只有房门上有一块搁板，板上放着一根荆木棒。

哦，像真的一样！年轻人想，多了不起的东西啊，还不许我看。

很快，八天过去了，男人回来了。他进门之后，第一句话就是：

“那几个房间，你肯定一个都没进去，是吧？”

“没有，没有。我没进去过。”年轻人说。

“我看看就知道了。”男人说完，转身走进一个房间，正是年轻人进去过的那间。

“不，你到过这里。”他说，“既然这样，现在就该是你的死期了。”

年轻人苦苦哀求乞怜，总算保住了一条性命。不过，作为教训，男人还是狠狠抽了他一顿。事情结束后，他们还是好朋友，一切都和从前一样。

过了一段时间，男人又出门了，他说，他要离开十四天。而在离开之前，他再次强调，那几间年轻人还没进过的房间，依旧禁止他进入，至于已经进去过的，可以随意。

结果呢，同样的事情再次发生了，只是这一次，年轻人坚持了八天才闯进去。同样，在这一次的房间里，他什么也没看到，除了房门上的一块搁板，以及搁板上的一块大石头和一只水罐。哦，不管怎么说，这里没什么值得担心被我看到的东西啊，年轻人心想。

男人回到家中后，又一次问起，年轻人是否进过任何一个不该进的房间。没有，他才没干过这样的事呢。

“噢，噢。我看一看就知道了。”男人说。可惜，他发现，年轻人到底还是进去过了。他说：

“啊！这次我再也不会饶恕你了。现在，你必须死。”

可年轻人又一次拼命哀求，终于，以一顿鞭子为代价，他得到了原谅。这一顿鞭子直抽得他体无完肤。不过，等他养好伤，恢复健康以后，生活就又和从前一样愉快了，他和男人依旧像好朋友一般相处。

就这样，又过了一段时间，男人又要出门旅行了。这一次，他说，他要离开三个星期。同样，他严禁年轻人进入第三个房间，要是他再犯错，就最好赶快做好丢掉性命的准备吧。

然而，十四天后，年轻人再也忍不住了。他偷偷溜进第三个房间，可除了地板上的一扇活门，他什么也没看到。他拉起活门，朝下望去，一口巨大的铜锅立在那里，锅里有液体正在翻滚，“咕嘟咕嘟”地冒着泡，可他却看不见铜锅下面有火。

“唔，我只是想确认一下，这东西烫不烫。”年轻人一边想，一边伸出一根手指，探进锅里。当他缩回手时，啊呀，整根手指都被镀上了一层金色。年轻人又搓又刮，却怎么也弄不掉这层镀金，无奈之下，他只能找出一块纱布，把这根金手指裹了起来。

当男人回到家中，问起他的手出了什么事时，年轻人说，他不小心把手指割破了，划了道大口子。可男人解开纱布，只消一眼，就立刻明白了。一开始，他恨不得立刻把年轻人杀死。可年轻人又是痛哭，又是哀求，结果，他也只是给了他一顿狠狠的鞭打，打得他三天都起不了床。三天之后，男人从墙上取下一个罐子，为他上了药，年轻人立刻恢复如初。

不久后，男人又要出门了。这一次，他要离开整整一个月。出门前，男人对年轻人说，如果这一次，他胆敢再闯进第四个房间，那就别指望能活命了。

好吧，年轻人坚持了两个星期，也许是三个星期，之后，他便再也忍不住了。他一定要进那个房间去看一看。终于，他还是偷偷溜了进去。屋里站着一匹高大的黑色骏马，被拴在它身边的畜栏上，马头前的食槽里装满了火红的炭，一束干草放在马尾后面。年轻人想，这全都错了啊，不由得动手调整了一下，把干草挪到了马嘴跟前。这时候，黑马开口说话了：

“既然你这么好心，给我东西吃，那么，我会救你的，没错，我能救你。否则，等到那山怪回来，发现你来过这里，它一定会立刻杀死你。所以现在，你必须立刻上楼，到这一间顶上的房间里去，那里面挂着很多铠甲，你挑一副，拿下来。记住，不管你想怎么选，那些锃亮闪光的绝对不能拿，要选你看到的最破烂的那副，那才是你该拿的。佩剑和马鞍也一样，必须这样选。”

年轻人照做了。可那些东西太重了，要一次全部拿下来，可费了他不少劲儿。

回到楼下后，黑马让他到有铜锅的房间里去，脱掉衣服，跳进锅里，泡在那些沸腾的液体中洗个澡。“这么干的话，”年轻人想，“我的样子就真要吓死人了。”不过，无论如何，他还是照做了。他未曾料到的是，洗过澡后，他竟变得英俊极了，皮肤白似牛奶，双唇红如鲜血，体魄也比从前强壮多了。

“你感觉到有什么不一样了吗？”黑马问。

“是的。”年轻人说。

“那么，试试看，能不能把我举起来。”黑马说。

哦，是的！他可以。至于佩剑，如今他挥舞起来，就像挥动一根羽毛般轻巧。

“好了，给我套上马具。”黑马说，“穿上你的铠甲，拿上那根荆木棒，带上石头和水罐，还有装药膏的罐子。然后，我们就离开这里，越快越好。”

很快，年轻人跨上马背，飞快地离开了。黑马跑得那么快，他简直不知道他们是怎么做到的。可没过多久，黑马就说：“我好像听到什么声音了，回头看一下！看到什么了吗？”

“是的，有好多东西在追我们，至少有二十个。”年轻人说。

“是了，是了，那是山怪追来了。”马说，“他派他的部下来追我们了。”

他们继续向前飞奔，追兵越来越近。

“现在，把你的荆木棒扔出去，别回头，直接朝后扔。”马说，“不过小心，别砸到我背上。”

年轻人照做了，一瞬间，在他们身后长出了一片密不透风的荆棘丛。黑马驮着年轻人继续飞奔，跑了很久很久。而这段时间里，山怪和他的人马不得不回家去找些工具来，努力在这荆棘丛中开出一条路。然而，终于，黑马还是再次说话了：

“回头看看！这次看到什么了吗？”

“是的，比之前还多。”年轻人说，“多得能塞满一整座教堂。”

“啊呀，啊呀，那是山怪和他的人马。”马儿说，“这次他带来了更多帮手。不过，赶快，把石头丢出去，记住，往后丢，丢远一点。”

年轻人照它说的做了。刹那间，一座高大的黑色石头山在他们身后拔地而起。山怪不得不回家去，再找些工具来凿石开路。趁着山怪忙活的这段时间，年轻人骑着马跑出了很远。

可是，黑马终究还是又一次开口了，仍旧是叫他回头看。这一次，他看到的是成群结队的追兵，几乎称得上整整一支军队了，阳光照在他们身上，闪闪发亮。

“啊呀，啊呀，”马儿说，“是山怪，他把他的全部人马都带来了，把你的水罐往后扔出去，不过小心，千万别溅到我身上。”

年轻人照做了，做得非常小心。可是，尽管如此，还是有一滴水溅到了马腹上。水罐变成了无边的深湖，就因为那一滴水，马儿发现自己也陷在了湖中，离湖岸还远着呢。不过，它还是顺顺当当地游到湖边，上了岸。至于对岸的山怪们，它们一到湖边，就立刻趴下来，打算把湖水喝干。他们大口大口地喝啊，喝啊，一直喝到撑爆了肚皮。

“这一次，我们算是把他们彻底甩掉了。”黑马说。

他们继续向前走了许久，来到一片林间绿地。

“好了，把你的装备都脱掉吧。”马说，“只留下你原来的破衣服。我身上的鞍具也卸下来，让我松快松快。再把我和你的装备，都挂到那边那棵空心的大酸橙树里。然后，你去找些冷杉树下的苔藓，给你自己做个头套，戴上以后就到王宫去找份活儿干。王宫离这里很近。如果需要我，你随时可以到这里来，只要摇一摇缰绳，我就会来见你。”

甩掉了山怪和他的人马，年轻人骑着马跑出了很远。可是，黑马终究还是又一次开口了，仍旧是叫他回头看。这一次，他看到的是成群结队的追兵，几乎称得上整整一支军队了。

太好了！年轻人一项项完成了黑马的所有吩咐。当他戴上苔藓头套时，整个人立刻变得丑陋无比，看上去又可怜，又不起眼，谁也没法分辨出那就是他本人。随后，年轻人来到王宫，开始寻找工作。起初，他请求在厨房工作，帮忙砍砍柴、打打水，可厨房里的女仆问他：

“你为什么要戴那个难看的头套？快拿掉，我不会允许这种怪东西出现在厨房里。”

“不，不能拿掉。”年轻人说，“我头上有点问题，这样不太好。”

“那么，难道你以为我会让你留下来，跟吃的喝的待在一起吗？”厨师叫了起来，“滚开，去找车夫。在那里扫马粪最适合你了。”

可是，当车夫要求他摘掉头套时，他给出了同样的回答，车夫也不肯收留他。

“你还是去找园丁吧。”他说，“在园子里干干活、锄锄地之类的最适合你了。”

于是他转身出门，找到了园丁。可其他仆人都不肯和他住在一起，他只能一个人睡在夏宫的台阶下面。夏宫是挑空的，台阶很高。他找了些草皮，铺在下面当床，勉强能睡得下。

就这样，年轻人在王宫里安顿下来，过了一段日子。一天清晨，趁着太阳刚刚升起，他摘掉头套，站在外面洗浴，此刻的他是那么英俊，哪怕只是看上一眼，都堪称享受。

刚巧，公主从窗口看到了这位迷人的年轻园丁，她想，自己还从没见过有谁比这个年轻人更英俊呢。于是，她询问园丁，这个年轻人为什么会睡在台阶下面。

“噢，”园丁说，“因为没人肯跟他住在一起，就是这个

年轻人用手按住头套，重新躺下，打起呼噜来。公主对她的女仆眨了眨眼，这一次，女仆得手了。地上躺着的这位年轻人是多么迷人啊，唇红肤白，正是公主在晨光下看到的模样。

原因。”

“今晚让他到我的卧房里来，睡在门边。这样，以后就不会再有人拒绝和他住在一起了。”公主说。

园丁将公主的话转告给年轻人。

“你觉得我能做出这样的事吗？”年轻人说，“那样的话，以后他们就会说我和公主有什么了。”

“是啊，”园丁说，“你的确很应该害怕这种事情，瞧瞧你，多英俊多帅气啊。”

“好吧，好吧。”年轻人说，“既然这是她的意思，我猜，我是非去不可了。”

夜晚降临，年轻人该进夏宫里去了。他踢踢踏踏地走上台阶，脚步重得他们不得不提醒他轻一些，免得被国王发现了。就这样，年轻人走进公主的卧房，躺在地上，转眼便打起呼噜来。这时，公主对她的女仆说：

“轻一点，过去把他的头套摘下来。”女仆过去了。

正当她伸出手臂去取头套时，年轻人双手按住脑袋，说，她绝不能拿走它。说完，他重新躺下，打起呼噜来。公主对她的女仆眨了眨眼，这一次，女仆得手了。地上躺着的这位年轻人是多么迷人啊，唇红肤白，正是公主在晨光下看到的模样。

从那以后，年轻人每晚都睡在公主的卧房里。

可没过多久，国王就听到传言，说一个年轻的园丁每晚都睡在公主的卧房里。国王勃然大怒，差点当场要了年轻人的性命。可他终究没这么做，而是将这个年轻人投进了监狱的高塔里。至于他的女儿，国王把她关在她自己的房间里，白天黑夜，一刻也不许离开。无论她怎样为自己、为年轻人分辩恳求，都没有用，结果只是让国王愈发恼怒而已。

不久，战争爆发了，王国一片动荡。另一位国王意图夺取这片土地，国王不得不举兵抗敌。年轻人听说了这个消息，便恳求典狱长代为觐见国王，请求得到一副铠甲和一把佩剑，离开监狱去参加战斗。其他人听到典狱长的话，都哈哈大笑起来，一起请求国王答应他的要求，给他一副破铠甲，好让大家瞧瞧这可怜虫在战场上的模样，也好让大家有些乐子可享。于是，年轻人得到了一副破破烂烂的铠甲，外加一匹孱弱的老马，这老马只有三条腿能走，另一条只能拖在身后。

接下来，他们便出发去迎敌了。可离开王宫还没多久，年轻人便连人带马陷进了一个烂泥坑。他坐在老马背上，用马刺踢打它，嘴里喊着："驾！驾！"其他人都乐坏了，经过时全都哈哈大笑着嘲弄他。可是，没有人知道，就在他们离开以后，年轻人跑到一株大酸橙树下，匆匆套上他自己的铠甲，摇动起马缰，黑马立刻出现在他面前，说："尽你所能，我也尽我所能。"

然而，当年轻人赶到战场时，战斗已经开始了，国王正身陷困境。年轻人立刻直冲向敌人最密集的地方，转眼间便将他们打得四散溃逃。国王和他的人非常想知道，这从天而降赶来帮助他们的人究竟是谁。只可惜，在战斗中，谁也没能接近他，跟他说上一句话，而战斗一结束，他就立刻离开了。

众人收兵回宫，经过烂泥坑时，看见年轻人还陷在里面，用马刺踢打着他那三条腿的老马。整个队伍又轰然大笑起来。

"不！瞧呀，"他们说，"有个傻瓜还坐在那儿呢。"

第二天，当他们出发去战斗时，大家看见，年轻人依旧坐在原地，他们不由得又大笑起来，尽情取笑他。可众人一离开，年轻人就立刻飞奔到酸橙树下。头一天的情形再次上演。人人都想知道，前来帮助他们的究竟是哪位不知名的战士。可是，没人能靠近他，跟他说上哪怕一个字，也没人能猜得到，他其实就是那名年轻人——当然，这很容易理解。

当天晚上，当军队返回时，年轻人依旧困在泥坑里，坐在他的老马背上，众人再次爆发出一阵大笑，对他百般嘲弄。甚至，有人对他射出一箭，正中他的大腿。他哀叫着号哭起来，声音凄惨得叫人心碎。于是，国王掏出自己的手帕，扔给他，让他包扎伤口。

第三天，他们再次出发上战场时，年轻人仍旧坐在原地。

"驾！驾！"他对他的老马喊着。

"不，不，"国王的人说，"看他多坚定啊，饿死也不走。"

他们一边前进，一边大笑，直笑得差点儿跌下马背。等所

年轻人换上自己的铠甲，跨上黑马，直奔战场。战斗已经开始了，国王正身陷困境。年轻人立刻直冲向敌人最密集的地方，转眼间便将他们打得四散溃逃。

有人都离开之后，年轻人跑到酸橙树下，赶在千钧一发的时刻，出现在战场上。这天，他杀死了来犯的国王，战争就此结束。

而就在战斗结束的那一刻，国王看见了，自己的手帕正绑在那位陌生战士的腿上。这样一来，就不难知道他究竟是谁了。众人簇拥着他返回王宫，一路上欢声雷动。公主从窗口看到了这一幕，高兴得简直不敢相信。

“我的真爱来了。”她说。

回到王宫，年轻人取出他的膏药罐，先处理了自己腿上的伤口，又为所有伤员都上了药。只一转眼的工夫，所有人的伤口都愈合如初。

自然，年轻人得到了公主为妻。然而，就在婚礼当天，当他来到马厩时，却看到他的黑马无精打采地站着，耷拉着耳朵，一副病恹恹的模样，也不肯吃玉米了。年轻的国王——是的，现在他拥有了半个王国，也是国王了——问它出了什么问题，黑马回答道：

“事到如今，我能帮你的都帮了，我也活不长了。所以，你就拿起你的佩剑，把我的头砍下来吧。”

“不，我绝不会做这样的事。”年轻的国王说，“以后的日子，你要什么就能有什么，下半辈子都可以好好休息。”

“好啊，”黑马说，“你要是不肯照我说的做，那就不妨走着瞧，看我能不能毁掉你的生活吧。”

既然如此，国王不得不听从黑马的吩咐。只是，虽然他举起了剑，准备砍掉马头，可心里实在是不忍，年轻的国王只得转过脸去，不去看长剑落下时的那一幕。不料，就在马头被斩落的瞬间，黑马消失了，一位世间最英俊的王子出现在它的位置上。

“怎么回事，你是从哪里跑出来的？”国王问。

“我就是那匹马。”王子说，“其实，我是个国王。昨天被你杀死的那个家伙，他的王国本来是属于我的。就是他，把我变成了那副模样，又卖给了山怪。不过，现在他已经死了，我终于可以重新变回自己。你我两国是邻居，我们将和睦相处，永远也不向对方发起战争。”

的确，他们做到了。终其一生，两位国王都是好朋友，还常常互相拜访呢。

THE THREE BILLY GOATS GRUFF

三只山羊嘎啦嘎啦

从前，有三只小公山羊，名字都叫“嘎啦嘎啦”。它们要去山坡上吃草，好长得肥肥壮壮。

去山坡的路上要经过一座桥，桥下是一道山涧，山涧里住着一只可怕的山怪，它的眼睛像茶盘一样大，鼻子足有拨火棍那么长。

首先出发的，是最小的公山羊嘎啦嘎啦。

“吱，嘎！吱，嘎！”桥发出响声。

“是谁，在我的桥上走？”山怪咆哮道。

“噢！是我，最小的小公羊嘎啦嘎啦，我要去山坡上吃草，吃得胖胖的。”小公羊说，声音又细又小。

“那好，我要把你吃掉。”山怪说。

“噢，不！请不要吃我。我太小了，真的。”小公羊说，“再稍微等一会儿，第二只小公羊嘎啦嘎啦就要来了，它比我大多了。”

“也好！那你走吧。”山怪说。

不一会儿，第二只小公山羊嘎啦嘎啦过桥了。

“吱，嘎！吱，嘎！”桥响起来。

“是谁，在我的桥上走？”山怪咆哮道。

“噢！是第二只小公羊嘎啦嘎啦，我要去山坡上吃草，吃得胖胖的。”小公羊说，它的声音倒没有那么小了。

“那好，我要把你吃掉。”山怪说。

“噢，不！请不要吃我。再稍微等一会儿，大公羊嘎啦嘎啦就要来了，它可比我大多了。”

“很好！你走吧。”山怪说。

就在这时，大公羊嘎啦嘎啦来了。

“吱，嘎！吱，嘎！吱，嘎！”桥响个不停。这只山羊太重了，桥被踩得摇摇晃晃，一个劲儿地呻吟。

“是谁，在我的桥上走？”山怪咆哮道。

“是我！大公羊嘎啦嘎啦。”大公羊说，声音又粗又哑。

“那好，我要把你吃掉。”山怪咆哮道。

“好啊，来呀！我有两把长矛，

要刺穿你的耳朵，捅破你的眼珠。

我还有两只大锤，

要把你砸成碎片，不管是身体还是骨头。”

这就是大公羊的宣言。它冲向山怪。一对尖角，刚好刺穿山怪的双眼；满身气力，撕碎了山怪的身体和骨头；再一脚把它踢下山涧。然后，大山羊嘎啦嘎啦便上了山。三只公羊在山坡上吃得肥肥胖胖，就快走不动路，回不了家了。要是它们的肥肉还没掉的话，哎呀，它们还那么胖呢。好了——

咔嚓，咔嗒，呼，

故事讲完啦。

THE THREE PRINCESSES IN THE BLUE MOUNTAIN

蓝山中的三位公主

从前，有一对国王和王后，他们一直没有孩子，夫妻俩对此是那样耿耿于怀，几乎没享受过一刻开心的时光。一天，国王站在门廊上，眺望着广袤的草原。这些都是属于他的。然而，除此以外，他感觉不到一丝快乐，因为他不知道，等到自己过世以后，这片土地将会变成什么模样。

正当国王伫立沉思时，一个老乞婆走上前来，乞求他能看在上帝的份上，给些吃的。她屈膝行礼，问候致意，然后问起，究竟是什么烦恼，竟让这堂堂一位国王看起来如此哀伤。

“你帮不了我的，好心的女人。”国王说，“跟你说也没有用。”

“我看未必。”乞婆说，“好运来时，挡也挡不住。”国王发愁的，是没有人继承他的王位与王国。但他大可不必这样唉声叹气，老乞婆说。“王后会生下三个女儿。但千万小心，要照看好她们，在三个人都年满十五岁以前，绝不能让她们离开室内，出现在蓝天下。否则将引来一场风雪，把她们卷走。”

果然，一切如期而至，王后首先产下一个漂亮的女婴。第二年，第二个女婴也到来了。第三年，她又生下了一个女孩。

国王和王后欣喜若狂，简直无以言表。不过，尽管如此，国王却也没有忘乎所以。他牢牢记得老乞婆的警告，派人严守王宫大门，从不让公主们出去。

孩子们渐渐长大，个个出落得美丽动人。她们事事如意，一切都很好，唯一遗憾的，就是不能像别的孩子那样出门玩耍。无论她们如何向父亲和母亲恳求央告，无论她们如何想方设法打动守卫，全都没有用，她们不能出门，除非年满十五岁——三姐妹都年满十五岁。

日子一天天过去，很快，最小的公主也即将迎来她的十五周岁生日了。这天，国王和王后出门了，公主们站在窗口望着外面。阳光是那样明媚，处处绿意盎然，真是美极了。这一次，三姐妹打定了主意，无论如何，她们一定要出门走走。

于是，三位公主一起出马，对卫兵又是恳求又是威逼，使尽了浑身解数，只求能说服他放行，让她们到花园里走一走。“你自己也看得到，这天气多暖和，多好啊。这种日子，是不可能下雪的。”是的，他也觉得，这天气实在不像会下雪的样子。既然她们非去不可，那就去吧，卫兵说。不过，只能出去一小会儿，而且他本人必须跟着，以确保她们的安全。

终于，公主们踏进了花园。她们跑来跑去，攀高俯低，摘下最美的花朵与枝条，堆了满怀，直到实在抱不下了。就在她们打算回屋时，却一眼看到，在花园的另一头有一大朵盛放的玫瑰，比她们采下的所有花朵都要美丽无数倍。不，她们一定要得到它。可是，没人料到，她们才刚刚弯下腰，还来不及伸手摘下那朵玫瑰，一阵大风雪便平地袭来，将她们卷走了。

整个王国都陷入了巨大的悲痛，国王在全国每一间教堂张贴告示，宣布无论什么人，只要能救回公主们，就能得到半个王国和他的金王冠，还能任意挑选一位公主为妻。

可想而知，有多少人想要赢得半个王国和一位公主啊。无论贵贱贫富，人们纷纷走出家门，翻遍了王国的每一个角落。可是，没有人能找到公主，就连一丝音讯都不曾得到。

王国里的大人物和富人们全都无功而返。这时，一名上尉和一名中尉来到王宫，想试试自己的运气。国王拿出金银赏赐给他们，祝愿他们能够得胜归来。

就在那之后，又来了一名士兵。他和母亲一起生活，住在距离王宫有一些路程的一座小木屋里。一天夜里，他梦到自己也出发去寻找公主们了。清晨醒来后，他依然清楚地记得梦中的情形，于是告诉了他的妈妈。

“只怕是有什么神奇的事情，要降临到你头上了。”老妇人说，“不过，一定要连续三晚做同样的梦才算数，否则没有用。”接下来的两个晚上，同样的事情接连发生，同样的梦境一再重演，士兵觉得，他必须试一试了。于是，他梳洗干净，穿上自己的制服，跨进了王宫的厨房。那正是上尉和中尉出发后的第二天。

“你还是回家去吧。”国王说，“恕我直言，公主们不是你能找得到的。再说了，为了提供装备，我已经花了太多钱，今天什么也没有了。你还是下次再来吧。”

“要么不去，要么我今天就必须出发。”士兵说，“钱我不要，只要一些喝的和食物，能装满我的水壶和皮囊就行。”他说，“不过，一定要装得满满的，只要鲜肉和咸肉，我背得

就在三位公主打算回屋时，突然看到一大朵盛放的玫瑰，比其他所有花朵都要美丽无数倍。她们一定要得到它。可她们才刚刚弯下腰，还来不及伸手去摘，一阵大风雪便平地袭来，将她们卷走了。

动多少就要多少。”

行，如果他需要的只是这些东西，那当然没问题。

就这样，士兵出发了，还没走出几英里，他就迎头赶上了上尉和中尉。

“你要去哪儿？”看到也有人身穿制服，上尉自然要问上一问。

“我要去碰碰运气，看能不能找到公主。”士兵回答。

“我们也是。”上尉说，“既然大家的任务都一样，你可以跟我们一起走。毕竟，要是我们找不到的话，你多半也不太可能找到，我的年轻人。”他说。

他们结伴而行，一段路过后，年轻人忽然离开大路，转上了通往森林的一条小道。

“你去哪儿？”上尉说，“还是走大路的好。”

“也许吧。”士兵说，“不过我要走这边。”

他沿着小道走下去，另外两个人看到这情形，也掉头跟了上去。他们越走越远，在森林里越走越深，横渡过一片又一片大泽，穿行于一道又一道峡谷。

最后，周遭渐渐亮堂起来，他们穿越了整片森林。如今出现在眼前的，是一座长长的桥，这是唯一的去路。可是，桥头却守着一头大熊。它后脚着地，站立着走上前来，一副要把他们活生生拆吃下肚的架势。

“我们现在该怎么办？”上尉说。

“听说熊喜欢吃肉。”士兵说着，掏出四分之一扇带前腿的肉，扔向大熊。他们顺利过关了。然而，当他们来到桥的另一头时，却又看到了一头狮子。它低吼着朝他们逼近，张着大嘴，像是打算把他们囫囵吞掉一般。

“我看我们还是赶快回头吧，不可能活着走过去的。”上尉说。

“噢，我倒不觉得它有那么危险。”士兵说，“我听说过，狮子很喜欢吃咸肉，我口袋里刚好还有半扇咸猪肉。”说着，他掏出一条火腿，扔给狮子。狮子立刻专心致志地大嚼起来。就这样，他们又平安过了这一关。

临近黄昏时分，他们来到一座漂亮的大房子前。里面的房间一个比一个华丽，目光所及之处，无不金碧辉煌、光彩夺目。不过，这可安抚不了他们空荡荡的胃。上尉和中尉揣着他们叮当乱响的钱币转来转去，想买些吃的，可转遍了整栋房子，他们既没见到人，也没找到哪怕一星半点儿的食物。于是，士兵从口袋里拿出食物，分给他们——别说自恃身份，骄傲地加以拒绝了，这俩人简直连一丝矜持也没有，毫不客气地吃掉了士兵带来的食物，活像这辈子都没吃过饭似的。

第二天，上尉说，他们必须出门打猎，去找些东西回来填饱肚子。房子旁边就是一大片林子，里面多的是野兔和鸟。中尉留在家里，负责用士兵口袋里剩下的食物做饭。一天下来，上尉和士兵大获丰收，猎物多得简直拿不了。可回到房子大门前，他们才发现中尉受了重伤，几乎没办法爬起来为他们开门。

“怎么回事？”上尉问。中尉说，他们刚刚离开，就来了一个小个子男人，留着一把长胡子，拄着拐杖，那人问他讨一个便士*，话说得可怜极了。可当他掏出钱递过去时，那人却把钱掉在了地上，他的拐杖在地上划拉来，划拉去，怎么也捡

---

* 英国货币辅币单位，一英镑等于一百便士。

不到那枚硬币，这可怜人的身子太僵硬，行动太不方便了。

“我可怜他又老又穷，”中尉说，“就弯腰去帮他捡那枚硬币。可谁知道，什么僵硬，什么行动不方便，一下子都没有了。他抡起拐杖就开始狠狠打我，没几下，我就连一根手指头都动不了了。”

“你真该为自己感到羞耻！你，国王的军官，叫一个老瘸子把你揍了一顿，还好意思拿出来说！”上尉说，“嘁！明天我留在家里，到时候，让你们听听不一样的故事。”

第二天，中尉和士兵出门打猎，上尉留在家中做饭，照看屋子。结果呢，就算他的遭遇没有比中尉更糟，也没有好到哪里去。当时，没过多久，那老人就来了，向他讨一个便士。接钱时，老人把硬币掉在了地上。硬币不见了，怎么也找不到，老人向上尉求助，请他帮忙找一找。

上尉想也没想，就趴到地上去找。可他刚一跪下去，那老瘸子就操起拐杖，开始揍他。每当上尉试图站起来，就会挨得格外狠，只一下，他就被打得头晕目眩。直到黄昏，另外两个人回来时，他还躺在原地，眼睛不能视物，嘴也说不出话。

第三天，轮到士兵留在家里，另外两个人出门打猎了。上尉叮嘱他，千万要小心，“那老家伙三两下就会要了你的命，我的年轻人。”他说。

“噢，要是能被这么个老骗子要了去，那这命大概本来也不长久了。”士兵说。

他们刚一出门，老人就来了，依旧是讨要一个便士。

“钱，我向来都是没有的。”士兵说，“吃的倒是可以给你一些，等做好了就行。”接下来，他又说，“不过，既然要做饭，你得来帮我劈柴。”

“那个我不会。”老人说。

“不会就学。”士兵说，“一会儿我做给你看。跟我下来，到柴房去。”走进柴房，士兵拖出一截沉甸甸的圆木头，在上面劈出一道裂缝，然后拿起一枚楔子，往缝隙里楔，直把裂缝撑得越来越大。

“现在，你得趴下去，沿着裂缝仔细看，我来给你演示斧子要怎么用。”士兵说，“这样，你很快就能学会劈柴了。”

老人并不是多么狡猾的人，听他这样说，便照做了。他趴下去，脸贴着木头，认真地看着，胡子全都落进了裂缝里。见到这情形，士兵立刻敲掉楔子，裂缝“啪”地一下合拢，老人的长胡子被紧紧夹住，整个人动弹不得。士兵先是抡起斧柄揍了他一顿，接着又拿着斧头在他的脑袋周围比画来，比画去，一本正经地说，要把他的脑袋劈成两半，除非他能说出公主们在哪里，当场就说，立刻就说。

“饶了我，饶了我！我说！”老头说，“这栋房子的东边有一座大土堆，你爬到土堆顶上，掀掉一大块方形的草皮，然后，就会看到一块大石板。石板下面是个洞，穿过它，你就能抵达另外一个世界，公主们就在那里。不过那个洞很深，下面黑漆漆的，中途还有火和水拦路。”

听他说完，士兵放开老人。老人一刻也没耽搁，飞快地消失了。

上尉和中尉回到家中，惊奇地发现，士兵还活得好好的。士兵毫无保留地将得到的信息告诉了他们：公主在哪里，要怎样才能找到她们。他们高兴得好像已经找到了公主们似的。急急忙忙地填了填肚子，三个人带上吊篮和他们能找到的所有绳子，就出发了。

他们来到大土堆，照着那老人的话，首先挖开草皮，找到了下面的大石板。合三人全力，他们好不容易才把石板掀开，露出下面的洞口。接下来，他们着手测量洞究竟有多深。绳子续了两三次，可同最初一样，洞底始终遥不可及。直到用光了他们手头所有的绳子，好的，烂的，全都用上，吊篮才终于触到了洞底。

自然，上尉要第一个下去——“不过，我一扯绳子，你们就得赶紧把我拉上来。”他交待道。这一路真是又黑又难受，不过，他想着，只要情况不变得更糟糕，他还是可以坚持的。偏偏就在这时，一股冰凉的水突然间兜头泼来，上尉几乎吓破了胆，立刻猛拉吊绳。

中尉第二个尝试，不过，他的情形也没好多少。刚穿过洪水，他就看到脚下烈焰熊熊，火舌吞吐，顿时吓得魂飞魄散，忙不迭地掉头返回。

接下来，轮到士兵了。他跨进吊篮，一路向下，穿过洪水与火焰，来到了洞底。洞底笼罩在浓稠的黑暗中，伸手不见五指。士兵不敢离开吊篮，只能绕着它转圈，跌跌撞撞地摸索身边的情况。终于，他发现很远很远之外，隐隐有一抹微光闪现，就像黎明破晓前最初的一丝光亮。他认准了方向，向前走去。

走了一阵子之后，天色渐渐亮了起来。很快，士兵便眼看着一轮金色的太阳升上了天空，仿佛置身美丽的童话世界一般，周遭的一切都变得光亮明媚起来。

一开始，他遇到了一群公牛，每一头都长得膘肥体壮，皮毛闪亮得老远就能看见。牛群过后，一座漂亮雄伟的宫殿出现在他面前。他穿过一个又一个房间，一个人也没见到。直到听到一个房间里传出纺车的“嗡嗡”声，他推门进去，看到大公主正坐在里面纺铜线——那整个房间和房里所有的东西都是铜的，光洁闪亮。

“噢，天哪！噢，天哪！人来这里做什么？”公主说，“愿上帝保佑你！你来做什么？”

“我来解救你，把你带出这座山去。”士兵说。

“求你，不要留在这里。要是山怪回来了，会立刻杀死你的。它有三个头。”她说。

“我不在乎，就算它有四个头也一样。”士兵说，“我既然来了，就要留下来。”

“好吧，既然你这么有勇气，那我得看看，能不能帮助你。”公主说。

于是，她让士兵躲在前厅的大酿酒桶后面，说，到时候，她会招呼好山怪，给它的头挠痒，安抚它入睡。

“只要看到我出来唤鸡，你就赶紧进去，千万不要耽搁。”她说，“不过，在那之前，你得先试试剑，看你能不能挥得动。就在那边的桌子上。”不行，剑太重了，他拖都拖不动。既然这样，他就必须喝一点强力药水了，药水装在门后的牛角壶里。他喝了一口，勉强拖得动了。又喝一口，可以把剑举起来了。最后，士兵一口气灌下大大的一口，转眼间，剑在他手中变得无比得心应手。

这时，山怪回家了。它的脚步如此沉重，整座宫殿都跟着摇晃起来。

“呕，呕！我在自己的家里闻到了人的血肉味道。”它说。

“是的。”公主回答，“就在刚才，一只乌鸦飞过这里，

嘴里叼着一根人骨头。谁知道，它竟然会把骨头丢进烟囱里。我立刻扔掉了那根骨头，还打扫清理过了，不过，我猜大概还是会有些味道。”

“的确有。”山怪说。

“别管那个了，过来躺下，我帮你挠挠脑袋。”公主说，“等你睡醒，味道就散了。”

山怪很高兴。它很快就睡着了，还打起了呼噜。眼看它睡得香甜，公主拿来矮凳和垫子，垫在山怪的三个头下面，起身出门去唤鸡。士兵立刻带着剑悄悄溜进房间，只一下，就把山怪的三个头全部砍掉了。

公主高兴得手舞足蹈，立刻带着士兵去找她的妹妹们，好让他将她们一并解救出来。他们先是穿过一座庭院，又走过了许多长长的房间，来到一扇巨大的门前。

“你得进去了，她就在里面。”公主说。士兵推开门，发现自己正置身在一个宽敞的大厅里，里面的一切都是纯银的，三姐妹中的二公主就坐在一架银纺车前。

“噢，天哪！噢，天哪！”她说，“你来这里做什么？”

“我来从山怪手里解救你。”士兵说。

“求你，别待在这里，赶快走。”公主说，“要是它发现你在这里，当场就会要了你的命。”

“那可不太好——不过得看看，是谁先要了谁的命。”士兵说。

“好吧，既然你坚持要留下来，”她说，“那就藏到前厅那个大酿酒桶后面去。到时候，只要听到我唤鸡，你就赶快进来，千万别耽搁。”

不过，在那之前，他还得先试一下，看能不能挥得动山怪的剑。剑就在桌上，比之前那把还要大得多，也重得多。他几乎拖也拖不动。士兵喝了三口牛角壶里的药水，总算能举起来了；再喝三口，剑在他手中就像小小的擀面杖一般轻巧了。

很快，一阵沉重的“隆隆”声传来，可怕极了。一只山怪走进门来，他长着六个脑袋。

“呕，呕！”鼻子刚伸进门，山怪就说，“我在我的房子里闻到了人的骨血味道。”

“是的。你猜怎么回事？一只乌鸦飞到这里，叼来了一根大腿骨，还把它扔进了烟囱里。”公主说，“我把那东西扔出去，谁知乌鸦又叼回来。好不容易，我才终于收拾干净，又把屋子上上下下打扫了一遍。不过，我猜那味道没这么快散掉。”她说。

“是的，我闻着味道还重得很。”山怪说。不过它很累了，便只顾着躺下来，头枕在公主腿上。公主挨个儿给每个脑袋挠痒，直到它们全都打起呼噜来。接着，公主起身去唤鸡，士兵进来，像砍卷心菜一样，把六个脑袋全都砍落在地。

你多半能想到，公主的喜悦一点儿也不逊于她的姐姐，她们又是唱，又是跳，开心极了。这时，两位公主想起了她们的小妹妹。于是，她们同士兵一起，走过一座大大的庭院，穿过许许多多个房间，最后，来到了小公主所在的黄金大厅。

小公主坐在一架金纺车前，正在纺金线。整个房间，从天花板到地板，全都闪亮得刺眼。

“愿上帝保佑你我吧，你到这里来做什么？”公主说，“快走，快走，不然山怪会把我们两个都杀死的。”

“你在，我就在。”士兵回答。公主不断哭泣、哀求，可是没有用，他必须，也一定会留下来。既然如此，他就必须先试一试前厅桌子上那把属于山怪的剑了，看他能不能挥得动。可用尽全力，他也最多就只能稍稍拖动一点。这把剑比之前两把更大、更重。

于是，士兵摘下挂在墙上的牛角壶，喝了三口里面的药水。然而，即便如此，他也不过勉强能拖着剑走动而已。又喝了三口，他可以举起来了。当再一次喝下三口药水之后，长剑在他手中就仿佛只是一根羽毛了。

接下来，公主对士兵做出的安排和她的姐姐们一模一样。只要山怪一睡熟，她就出门唤鸡，而他，必须立刻进屋，杀死山怪。

突然间，一阵雷鸣般的脚步声传来，所有墙壁和屋顶仿佛都为之颤抖起来。

“呕！呕！我在我的房子里闻到了人的骨血味道。”山怪说着，九个鼻子一起抽动。

“是的，你一定没见过这样的事！就在刚才，一只大乌鸦飞过来，把一根人骨头从烟囱扔了进来。我把它丢出去，乌鸦又叼回来，来来回回折腾了好几次。”公主说。不过，她说，最后她还是设法把那根骨头埋了，还清洗打扫了屋子，不过，她估计味道还在。

“是的，我闻得很清楚。”山怪说。

“过来这边，躺在我腿上休息一会儿，我给你挠挠脑袋。”公主说，“等你醒来，味道就没有了。”

山怪依言躺下。一等到他打着呼噜陷入沉睡，公主就挪来矮凳和垫子，垫在他的九个脑袋下，脱身去唤鸡。士兵闻声而动，只穿着袜子，蹑手蹑脚地走进房间，一剑挥向山怪。八个脑袋同时掉了下来——剑还是太短了，没法一次砍掉九个脑袋。第九个脑袋睁开眼睛，咆哮起来。

“呕！呕！我闻到有人在屋子里。”

“是的，就在这里。”士兵回答道，不等山怪起身来抓他，便又一次挥出长剑。最后一个脑袋也滚落到了地板上。

你一定想象得到，公主们有多高兴。从今往后，她们再也不用坐在屋子里为山怪挠脑袋了。对于这位解救了她们的英雄，三位公主不知道该怎样报答才好。小公主摘下她的金戒指，编进士兵的头发里。然后，她们带上尽可能多的金银，踏上了回家的路。

当他们摇动吊篮的绳索，上尉和中尉立刻将公主们拉了上去，一个接着一个。直到她们全都平安登上洞口后，士兵才想到，自己竟然没有在公主们之前上去。这实在是太傻了，毕竟，他对自己的同伴们并没有多少信心。他觉得应该先试探一

“别管那个了，过来躺下，我帮你挠挠脑袋。”公主说。山怪很高兴。它很快就睡着了，还打起了呼噜。它睡得香甜，却不知道士兵正手拿宝剑，在门外悄悄埋伏，等待公主的信号。

公主们高兴极了，从今往后，她们再也不用坐在屋子里为山怪挠脑袋了。对于这位解救了她们的英雄，三位公主不知道该怎样报答才好。她们带上尽可能多的金银，踏上了回家的路。

下，于是，他将一大块沉甸甸的金子放进吊篮，自己避到了一旁。吊篮升到半空，上尉和中尉突然割断绳索，金块笔直坠落到井底，摔得四分五裂，碎片擦着士兵的耳边飞过。

“这下好了，我们总算把他除掉了。”上尉和中尉说完，便转头威胁公主，要她们承认，是他们俩从山怪手里救出了她们三姐妹，否则的话，就要立刻杀死她们。尽管万般不情愿——特别是小公主——可她们别无他法，只好答应。毕竟，生命是最要紧的，而那两个人又比她们强壮有力得多。

可想而知，见到上尉和中尉带着公主们归来，巨大的喜悦充斥着整座王宫。国王高兴得不知如何是好，简直连路都不会走了。他取出酒窖里最美的佳酿，来欢迎两名军官。无论他们以前是否从未赢得过荣誉，从今往后，两人都将享有无上的荣光，这是毋庸置疑的。他们整日里大摇大摆地走来走去，活像两只骄傲的公鸡，要知道，国王就要成为他们的岳父了。这是自然的。他们每人都能选择一位公主结婚，还将一同分享半个王国。他们都想迎娶最小的公主，只是，无论如何恳求或是威逼，都没有用，公主根本不听他们说话，哪一个的都不听。

于是，他们向国王提出请求，希望能允许他们派十二个人照看她。他们说，从在山里时，小公主便是这般伤恸，满腹忧愁，他们不得不担心，她会做出对自己不利的事。

那好，他们可以这么做。就连国王也亲自交待卫兵，一定要照看好小公主，无论她去哪里、待在哪里，都必须有人跟随在侧。

接下来，该准备两位姐姐的婚礼了。那将是一场空前绝后的盛大婚礼。人们酿酒、烘焙、杀猪、宰羊，忙个不停。

而这时，士兵还在另一个世界里游荡。他认为，自己很难再有机会见到人类与日光了。只是，他想，总不能束手待毙，无论如何也得做点什么。因此，这些天来，他一个一个房间地挨着搜索，拉开所有抽屉，打开所有橱柜，查看所有架子和隔板，寻找一切可能派上用场的东西。

终于，在一张桌子的抽屉里，他找到了一把金钥匙。拿着这把钥匙，他几乎试遍了所有能找到的锁，但全都不对，直到最后，才找到床头上的一个小柜子，打开了。在柜子里，他发现了一只破破烂烂的旧哨子。“不知道还能不能吹出声音来。”他暗自嘀咕着，把哨子放进了嘴里。哨声刚刚响起，他便听到，四面八方都传来了“嗖嗖”的声响。无数鸟儿铺天盖地而来，落在他面前，乌压压地遮住了整片地面。

“我们的主人啊，您今天需要什么？”它们问。

既然他是它们的主人，士兵说，他想知道，有没有谁能告诉他，怎样才能回到地面上。不，谁都不知道。“不过，我们的母亲还没到，”它们说，“如果连她都帮不了你的话，那就没人能做到了。”

于是士兵再次吹响哨子，很快，远处传来扑扇翅膀的声音，紧随而至的是阵阵狂风，直吹得他在中庭里飞来晃去，整个人就像一束干草，要不是牢牢抓住篱笆，他肯定早就被吹飞了。

最后，一只巨大的鹰——大得你绝对无法想象——俯冲下来，落在他面前。

“你来得真猛。”士兵说。

“你吹了哨子，所以我来了。”巨鹰回答。接着，士兵问它是否知道有什么办法，可以让他离开眼前置身的这个世界。

“除非你会飞，否则不可能离开。”鹰说，“不过，要是你能为我宰十二头牛，让我好好饱餐一顿的话，我可以试试帮助你。你有刀吗？”

“没有，不过我有一把剑。”他说。巨鹰吃光了整整十二头公牛，又让士兵再杀一头，备作路上的干粮。“记住，只要我张开嘴，你就一定要马上扔一块肉到我的嘴里。”它说，“不然，我就没办法背着你飞上地面了。”

按照巨鹰说的，士兵做好了准备，在鹰脖子上挂上满满两大口袋的肉，自己也坐进了它的羽毛中。巨鹰舒展开双翅，拍动起来，他们如风般直冲云霄。士兵唯一能做的，就是尽力坐稳、抓牢，至于要趁巨鹰张开大嘴时把肉扔进去，每一次都是无比艰巨的任务。

渐渐地，天色暗下来了，巨鹰几近筋疲力竭，开始轻轻拍打翅膀。不过士兵早有准备，立刻拿出最后一条牛后腿，扔进

哨声刚刚响起，士兵便听到，四面八方都传来了“嗖嗖”的声响。无数鸟儿铺天盖地而来，落在他面前，乌压压地遮住了整片地面。“我们的主人啊，您今天需要什么？”它们问。

了它的嘴里。老鹰补充了力气，终于将士兵送上了地面。它在最大的松树梢落下，稍事休息之后，便驮着士兵继续前进。它飞得那么快，从陆地到海洋，所经之处，无不划出了闪电般的光芒。

终于，王宫就在眼前了。士兵跳下鹰背，老鹰立刻掉头回家。不过，在那之前，它告诉士兵，无论何时何地，如果士兵需要帮助，只要吹响哨子，它就会立刻出现。

此刻的王宫里，万事俱备，上尉和中尉迎娶两位公主的日子就快到了。可两位公主也并不比她们的小妹妹更快乐，她们几乎日日以泪洗面，越是临近婚礼，就越是悲伤。

到最后，国王也来过问了。他觉得非常奇怪，女儿们如今都获救了，得到了自由，而且马上就要结婚了，为什么却丝毫也不开心、不快乐。他想知道，这究竟是怎么回事。公主们必须找个理由出来。于是，大姐说，如果得不到在蓝山时玩过的那种跳棋的话，她们这辈子都不会快乐了。

国王觉得这个问题很容易解决。他命令全国最出色、最聪明的金匠都来为公主们制作跳棋。然而，没有人能做得出那样的棋子。到最后，全国的金匠都进宫尝试过了——除了一个人，那是个体衰力弱的老工匠，已经许多年没有正儿八经做过什么东西了，只是零星接点儿简单活计，维持生计。士兵找上门去，提出想当他的学徒。

老人高兴得掏出藏在怀里的酒，跟士兵对酌起来，要知道，他已经太久没有收到过学徒了。不一会儿，酒意上涌，老人有点晕了。见状，士兵立刻怂恿他进宫去见国王，接下为公主们制作跳棋的任务。

他这就去，要知道，当年他可是做出过许多比那更漂亮、更了不起的好东西，老金匠说。听说有人能做出公主们要的跳棋，国王立刻接见了他。

“你说的是真的吗？你能做出我的女儿们想要的那种跳棋？”他问。

“是的，绝无虚言。”老金匠说。如果做不出来，他甘愿受罚。

“很好！”国王说，“这些是做跳棋用的金子，给你三天时间来完成它们。不过，既然你这样信誓旦旦，那么，如果做不到的话，就拿性命来抵吧。”

第二天早晨，彻底清醒过来的老金匠对这份任务就没那么自信了。他哭号着冲自己的学徒大发脾气，都怪这小子，趁他喝醉，害他落入了这样的困境。如今，他最好的出路就是赶快把自己干掉，他说，因为他的性命已经没有希望保住了，那么多最出色、最了不起的金匠都做不出来的跳棋，他凭什么就能做得出来？

“不用担心。”士兵说，“不如把金子给我，我会准时造出那些跳棋的。不过，我要一个自己的工作间。”这没问题。不仅如此，老金匠更是对他感激涕零。

时间一点点过去，士兵却只是东游西荡，什么也没做。老金匠开始嘟嘟囔囔地抱怨，反正，他是不会接手这活儿的。

“别自己吓自己了，”士兵说，“还有的是时间！要是不相信我，你就自己做好了。”同样的情形在第一天和第二天里一再上演。一直等到最后一天，整个白天过去了，老金匠依旧没能听到士兵的屋子里传出任何敲打挫磨之类的声音，他彻底绝望了。事到如今，再说什么也没有用了，救不了他的命了，他想。

然而，当夜晚来临，士兵推开窗户，吹响了他的哨子。巨鹰闻声而至，问他需要什么。

“金跳棋，公主们在蓝山时玩的那些。”士兵说，“不过，我猜你会想先吃点东西吧？我在那边的草料棚里为你准备了两头公牛，你最好先去吃掉。”他说。吃完牛肉，巨鹰丝毫没有耽搁，早早地就把跳棋带了回来，那时候离太阳升起还有很久。士兵把跳棋塞到床底下，倒头大睡。

第二天一大早，金匠敲响了他的房门。

“你这又是在着急什么？”士兵说，“整天慌慌张张地跑来跑去，上帝啊！连睡个觉都不得安宁。这里到底谁才是学徒？”他说。

这一次，说什么都没有用，老金匠一定要进屋看看。他进去了。

不出所料，很快，他就停止了哭泣和喊叫。

不过论起来，老金匠还不是最高兴的人。看到他带进王宫的跳棋，公主们比他更加欢喜，自然，最高兴的就是小公主了。

“是你自己做的吗？”她问。

“不，说实话，不是我做的。”他说，“是我的学徒，他做的。”

“我要见见这个学徒。”公主说。事实上，三位公主都想见他，要是不想掉脑袋的话，他必须来。

不管是见女人还是见贵人，他都不怕，士兵说。而且，如果他这副衣衫褴褛的狼狈模样能让她们高兴的话，那公主们马上就可以享受这份乐趣。

小公主一眼就认出了士兵。她推开身边的护卫，飞奔到他面前，伸出手，说：

“日安，非常感谢你为我们做的一切。”

“他，才是从蓝山的山怪手中解救出我们的人。”她对国王说，“他才是我要嫁的人！”说完，小公主伸手摘下士兵的帽子，向众人亮出了之前编在他头发里的戒指。

很快，上尉和中尉的行径就大白于天下，作为背叛的代价，他们将交出性命。自然，他们的荣光也到此为止了。至于士兵，他得到了金皇冠和半个王国，更是迎娶了最小的公主。

人们在婚礼上尽情地吃着，喝着，大声欢笑，久久不曾停歇——就算是没能找到公主的人，也一样可以享受这场盛筵。除非他们全都尽了兴，否则，现在一定还在那儿呢。

THE CAT ON THE DOVREFELL

多夫勒山上的猫

从前，有一个人北上到芬马克郡*，捕到了一头大白熊，他打算将这头熊献给丹麦国王。当时正是深秋，因此，当他登上多夫勒山**时，已经是圣诞节前夜了。山上有一间木屋，木屋里住着一个男子，名叫哈尔沃。猎熊人跟哈尔沃商量，希望他和他的熊可以在屋子里借宿一晚。

“我若有半句假话，就让上帝从此不再眷顾我。”那人说，“可这个时候，我们不能留人住宿。因为，每年圣诞夜，都会有一大群山怪下山到我们这里来。这屋子本来也只是刚好够住，这么一来，连我们自己都不得不搬出去，更别说再腾出一个房间来给其他人了。”

“哦？”那人说，“要是就这么点儿事的话，你大可以放心收留我，我的熊可以睡在那边的炉子下面，我就睡在旁边的小屋里。”

---

* 芬马克郡（Finnmark）位于今挪威境内西北端。
** 多夫勒山（Dovrefell/Dovrefjell）位于今挪威中部。

他拼命恳求，终于得到了许可。至于屋子里的其他人，在他到来之前就早早离开了。招待山怪的东西也已经准备妥当——餐桌铺开，上面放着米粥、碱渍鱼*、香肠和各种各样的食物，就像任何一桌丰盛的圣诞大餐一样。

万事俱备。山怪们如期而至。他们有的很高大，有的很矮小，有的拖着长尾巴，有的压根儿就没有尾巴，还有的长着很长很长的鼻子。众山怪又吃又喝，尝遍了所有菜肴。就在这时，一只小山怪发现了睡在炉子下的白熊。他叉起一片香肠，走过去，放到白熊鼻子下面逗弄它，尖声问道：

“小猫咪，你要吃香肠吗？”

只见白熊翻身爬起，咆哮着冲向众山怪，直追得它们夺门而逃，无论大个儿的，还是小个儿的，全都一样。

第二年，圣诞夜那天的下午，哈尔沃照常到林子里砍柴，跟往年一样，为过节做准备——他以为山怪们还会再来的。就在他忙着干活时，林子里传来一个声音：

“哈尔沃！哈尔沃！”

“哎，”哈尔沃说，“我在这里。”

“你的大猫还跟你们在一起吗？”

“在啊，还在一起。”哈尔沃说，“它这会儿在家里，趴在炉子下面睡觉呢。还有，它如今生了七只小猫，个个都比它还要大得多，凶得多。”

“噢，这样的话，我们以后就不去看你了。”山怪大叫着，声音消失在林子深处。它没有食言，从那以后，再也没有山怪跑到多夫勒山来，和哈尔沃一起吃他们的圣诞大餐了。

---

* 北欧国家传统菜肴，以鱼干浸入碱液制成，常常出现在圣诞节的餐桌上。

ONE'S OWN CHILDREN ARE ALWAYS PRETTIEST

自己的孩子最漂亮

从前，一位猎人到树林里打猎，途中遇到了一只沙锥*。

“亲爱的朋友，”沙锥说，“请不要打我的孩子们！”

“我怎么知道哪些是你的孩子呢？”猎人问，“它们长什么模样？”

“噢！”沙锥说，“我的孩子是整片林子里最漂亮的雏鸟。”

“没问题。”猎人说，“我不打它们，别担心。”

可是，话虽如此，事情却难以预料。猎人回家时，手里提了整整一长串的小沙锥，全都是他的猎物。

“噢，噢！”沙锥说，“你为什么还是把我的孩子们打死了？”

“什么！这些是你的孩子？”猎人说，“怎么回事，我打

---

* 沙锥是常出现于湿草甸和沼泽地的一种滨鸟，分布在温带地区，腿短、嘴长，身体肥短，有褐、黑、白色条纹和横斑。

的都是林子里最丑的，我特别注意挑选了的！”

“我真是命苦啊！”沙锥说，“难道你不知道，所有人都觉得自己的孩子是全世界最漂亮的吗？”

凯·尼尔森的生平与事业

杨 蔚

20世纪初，欧洲的插画艺术进入了“黄金时代”，一批杰出的插画家在国际上声名鹊起。当时出版业巨头的崛起和插图礼品书的畅销，更是为他们提供了施展才华的广阔舞台。

在众多从事书籍插画绘制的艺术家中，年轻的丹麦插画家凯·尼尔森（Kay Rasmus Nielsen，1886—1957）可谓独树一帜。作为当时公认的最杰出的三位插画家之一，继英国插画家亚瑟·拉克汉（Arthur Rackham）和法国插画家埃德蒙·杜拉克（Edmund Dulac）之后，他为人们带来了全新的艺术视野。从1913年第一部插画作品问世起，尼尔森一直试图表达自己独立的艺术创作观。他以精致典雅的手法、优雅独特的画风、细节丰富的装饰元素和大胆的用色，成为20世纪初书籍插画最高水平的代表。

1886年，尼尔森出生在丹麦首都哥本哈根的一个艺术世家，父亲是剧院导演，母亲是著名演员。从小与戏剧打交道，深受戏剧与芭蕾艺术的熏陶，这影响了他一生的艺术创作。在绘制插画之外，尼尔森也从事戏剧舞台、表演道具和服装的设

选自尼尔森的首部插画作品集，标题为“不要喝！”
在浪漫的场景中，潜藏着阴谋与危险，体现了尼尔森擅长的对戏剧张力的表现

尼尔森曾从事戏剧道具和服装的设计工作，在他的插画作品中也常常可以看到戏剧艺术的影响，例如这幅作品中被夸张地拉长的人物形象，以及人物在画面中的位置

这幅色彩明亮的插画，是尼尔森为《格林童话》绘制的
女巫的糖果屋看起来是那么诱人，吸引着两个孩子向前走去

计工作。戏剧艺术对其画风的影响清晰可辨，他笔下的人物形象常常被夸张地拉长，人物在画面中的位置也时常看得到舞台剧演员站位的影子。

与当时来自欧洲各国的许多艺术家一样，青年时代的尼尔森也有前往各大艺术之都学习、工作和生活的经历。他在巴黎求学，活跃于哥本哈根的剧院，在伦敦成名，20世纪30年代末进入好莱坞为迪士尼工作，迪士尼经典作品《幻想曲》（1940）和《小美人鱼》（1989）中都有他的手绘画作。

起步阶段的尼尔森深受当时流行的国际艺术风格的影响，尤以新艺术主义流派的英国插画家奥伯利·比亚兹莱（Aubrey Beardsley）为甚。但在1914年出版的第二部插画作品《日之东·月之西》中，他的个人风格便已展露峥嵘。尼尔森在这部作品中融入了丰富的多元文化元素，包括日本木版画的简洁风格和俄罗斯芭蕾舞团的布景设计，画风兼具浪漫与诡谲，彰显出一种全新的张力与力量感，营造出对比强烈的叙事空间。他以浓烈的用色、繁复的细节、精细的笔法，以及天马行空的想象力，创造出属于自己的独特风格。因此，《日之东·月之西》也被认为是尼尔森的突破之作，使其得以跻身欧洲插画黄金时代最伟大的画家之列。

同样的王子公主主题，类似的戏剧性和超现实风格，北欧民间故事与英国、爱尔兰、德国的传统民间文学却有所不同，其中的王子与公主，是北欧寒冷气候与荒芜土地的拟人化表现。或许正是因为抓住了这样的本质特征，尼尔森在为画中人物赋予具体形象时，不但保持了一贯的优雅独特的画风，还特别添加了冷酷、高傲的元素。于是，我们看到了可怖的巨大山怪、优雅美丽的贵族人物以及一些根本不存在的奇特生物。经

尼尔森为《安徒生童话》中的故事《打火匣》绘制的插画，用色柔和，画面四周装饰性的画框明显受到了波斯细密画的影响

1912年，26岁的尼尔森应邀为礼品书《在香粉和衬裙间》绘制插画
这幅水彩插画的主题是“她止步与他交谈，随后改变主意，继续走下去”

1925年尼尔森为《格林童话》中的经典故事《睡美人》绘制的插画
莱茵河畔阴暗而潮湿的森林中，隐藏着精灵、巫婆、兽人等形形色色的角色

典的故事与精美的插画相得益彰，也成就了《日之东·月之西》，使之成为20世纪初文学艺术领域的精品。

尼尔森并未就此满足，进入20世纪20年代后，他的作品风格再次发生巨大的变化，融入了波斯细密画和中国水墨画的手法和特征。这一点，在他为《格林童话》《安徒生童话》《一千零一夜》等各国经典童话故事集绘制的插画中清晰可见。

尼尔森为迪士尼工作了四年，但并不算得志（《小美人鱼》在他去世多年后才出现在荧幕上）。此后，他的境遇一直不佳，晚年生活贫困，只能靠为当地学校和教堂绘制壁画维生。1957年，71岁的尼尔森在美国洛杉矶去世。

尽管生前曾被人们遗忘，但尼尔森的才华很快便被重新发现。20世纪70年代，人们重新对20世纪初插画黄金时代的作品燃起热情，尼尔森和他的作品再次回到艺术界的视野中，并成为焦点。

对于今天的读者而言，尼尔森的作品依旧不会过时，因为他的创作从不缺乏现代性和原创性。正如有评论家所言，尼尔森是“顶尖的艺术家”，他的作品“使书籍变成了艺术品”。或许，他的画笔就是一把钥匙，能开启那只存在于想象中的神秘梦幻世界，带我们走进那个位于日之东、月之西的遥远国度。

作者｜彼得·克利斯登·亚柏容森（Peter Christen Asbjørnsen，1812—1885）
容根·因格布利森·莫伊（Jørgen Engebretsen Moe，1813—1882）

挪威作家、学者，以搜集和整理挪威民间故事而闻名。

两人是自幼相识的伙伴，出于对民间故事的兴趣和热忱，花费多年时间，通过徒步旅行搜集故事素材，足迹遍及挪威各地。自19世纪40年代初开始，陆续出版了多部民间故事集，在欧洲文学界引起巨大反响。由于两位好友始终如一的密切合作，这一系列作品通常被直接称为“亚柏容森和莫伊故事集”。

插画师｜凯·尼尔森（Kay Rasmus Nielsen，1886—1957）

丹麦插画家，欧洲插画黄金时代三大名家之一。

自1913年发表第一部插画作品开始，一直以精致典雅的手法、优雅独特的画风以及独立的艺术创作观著称，成为20世纪初书籍插画最高水平的代表，《日之东·月之西》被公认为他最出色的插画作品。

译者｜杨蔚

译者、自由撰稿人，“孤独星球”（Lonely Planet）特邀编辑及译者。

已出版译作《乞力马扎罗的雪》《太阳照常升起》《那些忧伤的年轻人》《夜色温柔》《自卑与超越》等。

日之东·月之西：北欧故事集

产品经理｜陈顺先
产品监制｜应　凡
装帧设计｜陈　章
责任印制｜梁拥军
技术编辑｜白咏明
出 品 人｜吴　畏

图书在版编目（CIP）数据

日之东·月之西：北欧故事集 /（挪）彼得·亚柏容森，（挪）容根·莫伊著；（丹）凯·尼尔森绘；杨蔚译. -- 天津：天津人民出版社，2019.5
ISBN 978-7-201-14616-4

Ⅰ. ①日… Ⅱ. ①彼… ②容… ③凯… ④杨… Ⅲ. ①神话－作品集－北欧 Ⅳ. ①I530.73

中国版本图书馆CIP数据核字（2019）第044692号

日之东·月之西：北欧故事集

RI ZHI DONG YUE ZHI XI BEIOU GUSHIJI

出　　版　天津人民出版社
出 版 人　刘　庆
地　　址　天津市和平区西康路35号康岳大厦
邮政编码　300051
邮购电话　022-23332469
网　　址　http://www.tjrmcbs.com
电子信箱　tjrmcbs@126.com

责任编辑　张　璐
产品经理　陈顺先
装帧设计　陈　章

制版印刷　天津旭丰源印刷有限公司
经　　销　新华书店
　　　　　果麦文化传媒股份有限公司
开　　本　720×880毫米　1/16
印　　张　12
印　　数　1-10,000
字　　数　104千字
版次印次　2019年5月第1版　2019年5月第1次印刷
定　　价　68.00元